白虎隊・青春群像

～白雲の空に浮かべる～

高見沢 功

歴史春秋社

この作品はフィクションです。

白虎隊・青春群像　～白雲の空に浮かべる～

◉目　次◉

一　遊びの什

繊細《せんさい》な少年だった。

……もし、この戦《いくさ》に敗れたら……貞吉《さだきち》の頭の中を占めていたのは、常にそのことだった。怯《きょう》懦《だ》ではない。冷静な考えだった。万が一、この戦いに負けるようなことがあれば……会津《あいづ》藩《はん》は……容保様《かたもりさま》は、喜徳様《のぶのり》は……白虎隊《びゃっこたい》は……学びの什《じゅう》は、遊びの什は……

母上《ははうえ》は、父上《ちちうえ》は、兄上《あにうえ》は、比呂子《ひろこ》は、一寿《かずとし》は……細布子《たいこ》は……

幼い日々の出来事がまざまざと目に浮かんだ。あれは幼名《ようみょう》・頴悟《えいご》の時で五歳の夏だったから、安政《あんせい》六年（一八五九）か？

その日もいつものように、遊びの什の童《わらわ》達が集まっていた。若松城《わかまつじょう》北二町《きたにちょう》、本三ノ丁《ほんさんのちょう》にある簗瀬武治《やなせたけじ》の家。武治は一五〇石《こく》取りの簗瀬久人《ひさと》の次男、嘉永《かえい》六年（一八五三）生まれで、頴悟よりも一歳年上だった。武治は少女と間違えられるくらい、線が細く整《ととの》った顔立ちをしている。鼻が薄く尖《とが》っていて色が白い。

他に有賀織之助《あるがおりのすけ》と井深直次《いぶかなおじ》。鰓《えら》が張って体格のいい織之助は、嘉永四年（一八五一）生まれの八歳、直次は浅黒く肥《こ》えていて、武治と同じ嘉永六年生まれだった。

年嵩《としかさ》の織之助を中心にした遊びの什は、辺隣《あたりどなり》の童同士でつくる遊びの集団である。遊びの什をつくるのは、会津藩でも上士《じょうし》の子弟に限られていた。

会津藩では、藩士《はんし》は厳格《げんかく》な身分制度の元《もと》で一二もの細かな階級に分けられていた。最上位の第一等から四等までが上士で、用いる羽織《はおり》の紐の色で中士《ちゅうし》・下士《かし》とは区別された。頴悟の父・飯沼一正《いいぬまかずまさ》は武士団を率《ひき》いる物頭《ものがしら》の一人で、家禄《かろく》四五〇石。第一等の羽織の紐色・納戸《なんど》色を用いることが許《ゆる》されていた。家格《かかく》も高ければ知行《ちぎょう》も多く、頴悟は恵まれた家に育った。

遊びの什では、遊びの前に必ず「お話《はなし》」をする。お話とは『日新館童子訓《にっしんかんどうじくん》』の中の一節・七つの什の掟《おきて》が守られているかどうかを確かめる儀式である。

織之助の前に頴悟達三人が正座し、背筋《せすじ》を伸ばした織之助が口火を切る。

「一《いつ》……」

織之助に続いて全員で唱和《しょうわ》する。

「年長者《としうえのひと》の言うごとに背《そむ》いではなりませぬーッ!」

一礼の後、再び織之助が号令を掛《か》ける。

「二《ぬ》……」

「年長者にはお辞儀《ずぎ》をすなげればなりませぬーッ!」

一同、礼。

「三……」

「虚言《うそ》をついではなりませぬーッ!」

礼。

「四《すい》……」

「卑怯《しちょう》な振る舞いをすではなりませぬーッ!」

幼い口調ではあったが、いつも唱《とな》えられている什の掟は淀《よど》みがなかった。

「五……」

「弱い者をいずめてはなりませぬーッ!」

顕悟も必死に声を張り上げる。礼。

「六《ろぐ》……」

「戸外《そど》でものを食べてはなりませぬーッ！」

礼。

「七《すち》……」

「戸外で婦人《おなご》と言葉《ごとば》を交《まず》えてはなりませぬーッ！」

礼。

「ならぬごとは……」

「ならぬものですーッ！」

最後に全員が眦《まなじり》を決して唱和し、礼をする。

「掟《おじで》を破った者はいねが？」

什長《じゅうちょう》の織之助が問う。

「守りますた」

顗悟が応《こた》える。

「破ってません」

「大丈夫《でえじょぶ》です」

武治と直次が応えた。

「我も破ってません」

織之助が締めくくった。顔に安堵《あんど》の色が浮かぶ。昨日から今日までの間に、什の掟を破った者はいなかった。掟を破った者には罰《ばつ》を与えなければならない。一番軽いのは「無念《むねん》を立てる」ことで、自分の落ち度を詫《わ》び、二度としないという誓いを立てさせる。その次は「竹篦《しっぺい》」といって、手の甲を他の者が人差し指と中指で打つ。さらに重くなると「炙《あぶ》り」といって、火鉢の上に手をかざし、手のひらが熱くなっても我慢《がまん》しなければならない。一番重いのは「派切《はぎ》れ」であった。三日の間、仲間外《はず》れにされ、一緒に遊んでもらえない。名誉を重んじる上士の子弟にとって屈辱的《くつじょくてき》な罰であった。

「そんなら遊びさ行ぐべ。今日《ちょう》は何《なん》すで遊ぶ？」

織之助の言葉がくだけていた。

「暑《あづ》いから、湯川《ゆがわ》さ行って鮠《はや》獲《と》りすんべ！」

武治が元気に叫んだ。晩夏《ばんか》の季節・大暑《たいしょ》の候《こう》である。盆地である若松は、雪国であっても夏は暑い。

「オラ、この前《めぇ》鮠がいっぺえ集まってでんの、見だ！」

頴悟が二日前の情景《じょうけい》を話した。

「よす、湯川さ行ぐべ。武治、笊《ざる》と手桶《ておげ》を貸してくろ」

織之助の決断は早かった。

「母様《かあさま》さ言って借りで来る」

武治が勢《いきお》いよく部屋を飛び出していった。

夏中《なつなか》だというのに、澄み切った湯川の水は冷たかった。下帯《したおび》一つになった四人は、震《ふる》えながら川に入った。

水嵩《みずかさ》は頴悟の膝《ひざ》までだったが、流れは思いのほか速い。織之助が岩の影で中腰《ちゅうごし》になり、上流に向けた笊を両手で沈めた。ぐらぐら揺れる笊を顎《あご》まで水に浸《つ》かりながら、流れに逆らって支える。直次と武治が、六尺（一・八メートル）棒で川底を掻《か》きながら織之助が待つ岩陰《いわかげ》に近付く。頴悟は、織之助の後ろで手桶《ておけ》を抱えて待っていた。直次と武治が、左右から岩を挟み込むように回り込んだ。織之助が笊を沈めている眼前で、二人は最後に激しく川底を抉《えぐ》った。小石が水流に巻き込まれて移動していった。

織之助が勢いよく笊を引き上げる。笊から小さな滝のように水が流れ落ち、水がなくなると、笊の底が煌《きら》めいた。四尾の鮠が、光を撒《ま》き散らしながら笊の中で跳《は》ねていた。織之助が笊の中の鮠を、頴悟が持つ手桶に移した。手桶には浅く水が張ってある。鮠は手桶の中で、落ち着いた。ほっそりとした銀色の魚体が美しい。織之助は五間《ごけん》（九メートル）程《ほど》上流の岩陰に移動して、再び笊を沈めた。直次と武治が魚を追う。引き上げられた笊の中に、鮠と諸子《もろこ》が一尾ずつ入っていた。原始的な追い込み漁を何度か繰り返すうちに、頴悟が抱えた手桶の中は賑《にぎ》やかになっていった。鮠や諸子の他に、小鮒《こぶな》・川海老《かわえび》・泥鰌《どじょう》など幾種類もの雑魚《ざこ》がいた。三十尾を超えている。

織之助が川の真ん中の大岩に移動した。頴悟も手桶を掲《かか》げてその背中を追う。流れが速くなり、水嵩が増した。織之助は鼻まで水に浸かって笊を沈め、時々空に向かって口をぱくぱくさせた。直次と武治が数間上流から追い出しを開始した。頃合《ころあ》いを見計《みはか》らって、織之助が一気に笊を引き上げる。笊の中で何尾もの鮠が銀鱗《ぎんりん》を躍《おど》らせていた。胸が高鳴った。織之助が近寄って来る。直次と武治も六尺棒を持って近付いて来た。頴悟は手桶を両手で抱えるようにして、慎重に織之助に近付いた。川底は小石が多く、足の裏が痛かった。笊が傾けられて、銀色に光る鮠が次々と手桶に滑《すべ》り落ち……宙に舞《ま》った。空に向かって鮠が飛んだ。真っ青な空がグルリと一回転して、ゴボゴボという水の流れになった。噎《む》せた。足を滑らせた頴悟の身体《からだ》は、案山《かか》子《し》のように水の中を転がった。恐ろしく速い水の流れだった。

川は生きていた。息ができなかった。鼻からも口からも容赦《ようしゃ》なく水が入り込んできて、苦しさだけがあった。

肺が潰《つぶ》れそうになり、目が霞《かす》んだ。薄れていく意識の中で、岩にぶつかる手足の痛みだけがあった。

流される顕悟を河童《かっぱ》が三匹追い掛けて来た。河童達は口々に何か喚《わめ》いた。だが、ザーザーという早瀬《はやせ》の音で、何を言っているのか聞き取れなかった。流れの上にある入道雲が白かった……

暗闇《くらやみ》に光が差し込み、織之助の顔が浮かび上がった。口を動かしていたが、声はか細かった。遠くで発しているような声だった。その後ろに直次と武治の顔。どの顔も濡《ぬ》れた前髪から水を垂《た》らし、紫色の唇を震わせていた。

「顕悟ーッ、顕悟ーッ！」

「すっかりすろーッ！」

突如《とつじょ》、音が聞こえた。身体が揺すぶられている。下帯一つの三人が、顕悟の胸や腹や太腿《ふともも》を懸命《けんめい》に擦《さす》っていた。身体が揺れて摩擦熱《まさつねつ》が発生している。身体の表面が温かくなってきた。意識が戻ってくると、胃のむかつきが感じられた。気持ち悪さに耐え切れない。横を向いて吐いた。胃が押し上げられて苦しい。三人が驚いて身体を擦っていた手を止めた。胃からは黄色い苦い液体しか出てこなかった。

吐いてしまうと、少し楽になった。上体を起こそうとすると、織之助が慌《あわ》てて背中を支えてくれた。武治が急いで背中を擦り始める。

「大丈夫が？」

織之助の言葉がはっきりと聞こえた。

「うん……」

完全に意識が戻った。場所も分かった。周《まわ》りの低い柳に見覚えがある。鮠を獲っていた場所より一町《ちょう》（一〇〇メートル）程下流で、流れが緩《ゆる》やかになった岸辺《きしべ》だった。直次が背中から筒《つっ》袖《そで》を掛けてくれる。紺と青の地縞《ぢじま》の会津木綿、顕悟の着物だった。

「たまげたぞ。あっという間に見えなぐなっぢまったがら」

織之助の顔に安堵の色が浮かんだ。

「……足が滑っぢまって……」

顕悟はやっと応えた。身体に力が入らない。まだ胃が少しむかむかする。

「今日はもう止めにすて、家さ帰《けえ》んべ」

織之助が下駄《げた》を揃《そろ》えてくれた。直次と武治が着物を着始めた。織之助も素早く身支度《みじたく》を整える。

織之助に支えられながらよろよろと立ち上がると、顯悟は周囲の草叢《くさむら》を見回した。武治の家の笊と手桶がなかった。

川に流されてしまったのだろうか。顯悟は扱《しご》き帯を締めながら、武治に聞いた。

「武ちゃん家《げ》の笊と桶は？」

「流れっつまったげど、これがら捜すがら大丈夫だ」

「オラも一緒に捜すがら……」

「そったらごど心配《しんぺえ》すんな。オメは早ぐ家さ帰っで休め」

「……」

自分のせいで他家《たけ》の道具を失《な》くしたことに、顯悟は負《お》い目を感じた。もし、笊と手桶が見つからなかったら、武治は家人《かじん》に何といって謝《あやま》るのだろう。その時は自分が武治の家に行って詫びなければならない。自分のせいで失くしてしまったのだと、正直《しょうじき》に……

直次と武治をその場に残して、織之助の後ろをとぼとぼと歩いた。体調は大分戻ったが、足が重かった。

「頴悟、胸さ張って歩げ。お城《すろ》に笑われんぞ」

織之助の言葉に顔を上げると、蒼空《そうくう》にそそり立つ五層《ごそう》の真っ白な天守閣《てんしゅかく》があった。若松城は翼を広げた鶴のように、優雅《ゆうが》だった。


夜は驟雨《しゅうう》になった。真っ暗な空を時々閃光《せんこう》が切り裂く。稲妻《いなづま》より一瞬遅れて、雷鳴《らいめい》が武家も町家《まちや》も振動させた。激しく降る大粒の雨に、城下はひれ伏し、堀と川は泡立った。

雨に煙る郭内大町《かくないおおまち》通り本二ノ丁《ほんにのちょう》の頴悟の家の裏門に、三つの小さな影が駆け寄った。影達は雨音に負けじと、欅《けやき》の潜り戸《くぐど》を強く叩いた。寝床《ねどこ》にいた頴悟の耳に湿った打撃音が伝わった。

頴悟の寝所《しんじょ》は裏門の真ん前だった。その夜は早く床に就《つ》いたが、昼間の出来事がありありと目に浮かび、寝付かれないでいた。

頴悟は布団から抜け出ると、傘を差して裏門に近付いた。既《すで》に暮れ六つ（午後七時）を過ぎている。激しい雨だったが、声を潜《ひそ》めて聞いた。

「……誰《だん》じゃべ？」

「織之助だ。直次と武治もいる……」

慌てて裏門の桟《さん》を外し、潜り戸を開けた。濡れ鼠《ねずみ》になって、三人が突っ立っていた。この雨では、蓑《みの》も笠も役に立たないのだろう。三人とも唇を震わせ、顔からは血の気が失せていた。顓悟は潜り戸を潜って織之助の前に立った。絡繰《からくり》のように織之助が蓑の下から笊を取り出した。隣の直次は手桶を取り出す。

二人ともにっこり笑うと、笊と手桶を持ち上げてみせた。武治も嬉しそうに頷《うなず》く。

「神指《こうざす》の湯川と大川《おおかわ》が一緒になる寸前のどごで、柳の枝さ引っ掛がってだ」

織之助が笊を伏せて説明した。

「この桶もだ」

直次が織之助の顔色を窺《うかが》いながら言った。

幸運だった。笊と手桶は五町（〇・五キロ）も離れた下流で、大川という大河に飲み込まれることもなく見つかった。しかも、二つ一緒に。大川に入ってしまえば、たとえ見付けられたにしても、引き寄せることはできなかったに違いない。笊も手桶も雨に洗われて、新しい物のようにきれいになっていた。

「顓悟が心配《すんぺえ》すでっど思って知らせさ来だ」

直次が額から雨水を滴《したた》らせながら言った。

「どんな案配《あんべえ》だ？」

織之助が聞いた。

「もう何ともねえがら」

「そうが。そんじはよがった。濡れっぢまうがら、早ぐ家さ入れ《へえ》」

織之助は頴悟の返事も待たずに踵《きびす》を返した。直次と武治も慌てて織之助の後を追う。三人を見送って潜り戸を閉めると、申し訳ない気持ちになった。織之助達は、激しい雨の中を暗くなるまで笊と手桶を捜し続け、とうとう見付け出して知らせに来てくれた。寝所に戻り、再び寝床に入ったが、眠られなかった。

ひょっとして、あの笊と手桶は……什の仲間の優しさが身に染みた。目尻に涙が滲《にじ》んだ。

二　学びの什

あれから四年経った……

文久《ぶんきゅう》三年（一八六三）曙草《あけぼのぐさ》（桜）が満開の穀雨《こくう》の節（四月二十日）、九歳になった頴悟《えいご》は、会津藩校日新館《あいづはんこうにっしんかん》に入学した。

入学の日は、朝早く起きていつもより丁寧《ていねい》に塩水で口を濯《すす》ぎ、髪を梳《くしけず》り、会津木綿の地縞《ぢじま》の着物に銀鼠《ぎんねずみ》の袴《はかま》を穿《は》いた。着物は、藍《あい》と浅葱《あさぎ》と露草《つゆくさ》色の木綿の反物《たんもの》を母《はは》・文子《ふみこ》が丁寧に縫い上げてくれて、身体にぴったり合っていた。

織之助《おりのすけ》が迎えに来てくれるという辰《たつ》の刻《こく》（午前八時）にはまだ間があった。

生まれて初めて小刀《しょうとう》を腰に差し、緊張して家の正門の前に立った。亜麻《あま》色捻《ねじ》り糸の柄《つか》、朱塗《しゅぬ》りの鞘《さや》の小刀は、思いのほか重たくて、右手に提《さ》げた風呂敷《ふろしき》包みと共に、今日が特別な日であることを意識させられた。

風呂敷の中身は、兄・源八《げんぱち》から譲られた『日新館童子訓《どうじくん》』と『孝経《こうきょう》』である。真新しい白足袋《しろたび》を履いて、足元はしっかりしているはずなのに、心細さからか、桐下駄《げた》が震《ふる》えてカタカタ鳴った。時の過ぎるのが遅く感じられた。

遠くから童《わらわ》が走って来た。丸っこい身体に、猫背の姿勢。一町《ちょう》（一〇〇メートル）も先の本《ほん》四ノ丁角《しのちょうかど》からまっしぐらに駆けて来る元気な姿が、直次《なおじ》だと解った時は本当に嬉しかった。一歳上の直次も今日から日新館に入学することになっている。杉下駄でドタドタと近付いて来た直次も小刀を差した見慣《みな》れない格好だった。

「おはよーッ、顯悟ーッ！」

顯悟の目前で止まった直次は息を切らしていた。その直次の背中越しに、織之助と武治《たけじ》、そして一歳年上の秀才・井深茂太郎《いぶかもたろう》の姿が見えた。武治も今日が日新館入学の日だったが、直次や武治と同年の茂太郎は昨年入学しており、その成績は抜群であるらしかった。

直立する顯悟の背中に織之助の手が回され、顯悟は織之助と一緒に歩き始めた。その織之助の手のなんと温かかったことか。すぐ前を行く直次も武治もにこやかな表情で、楽しみが先に立ち、不安はないらしい……

四町（四〇〇メートル）先の日新館に向かって大町通《おおまちどお》りを南下すると、本二ノ丁《ほんにのちょう》や本一ノ丁《ほんいちのちょう》の角から、次々に童が湧《わ》いて来た。小さな童は、誰もが慣れない小刀を差し、家紋《かもん》入りの風呂敷包みを提げている。着物も袴も仕立て下ろしだった。今日入学の年少者は、緊張した面持《おもも》ちで、小さな肩を怒らせていた。

顕悟は少しばかり安堵《あんど》した。日新館新入生の誰もが、直次や武治のようではないのだ。いや、寧《むし》ろ真新しい小刀を差し、皺《しわ》一つない風呂敷包みを重たそうに提げた年少者は、ほとんどが不安気な表情で、歩き方も強《こわ》ばっている。自分だけではない……

直江兼続様《なおえかねつぐさま》の屋敷《やしき》だった御用《ごよう》屋敷を過ぎ、七〇〇〇坪（二万三〇〇〇平方メートル）の広大な日新館の北東角《ほくとうかど》に出た。見慣れていたはずの白壁《しらかべ》が眩《まぶ》しく感じられ、六〇間《けん》（一〇八メートル）の師範舎《しはんしゃ》が果てしない長さに思われた。

「さすけねえ。顕悟は頭がいい。何《なん》も心配《すんぱい》すっごとねえ」

「んだ、んだ。顕悟だったら、童子訓《どうずくん》なんかすぐ読めるようになっがら」

織之助と茂太郎が励《はげ》ましてくれた。自分が人より優れているとは思えなかったが、背中を押してくれる仲間は、嬉しかった。

長屋の角を曲がり、正門である南門《みなみもん》の前に出た。門番の足軽《あしがる》二名が、左右両側に槍を持って立っている。ぺこりと頭を下げる生徒を横目で捉《とら》えた門番は、わずかに顎《あご》を引いた。頴悟が五段の石段下から見上げると、門扉《もんぴ》の前に立つ門番は仁王像《におうぞう》のように見えた。手にした槍の穂先がギラリと光って、いやが上にも緊張が高まった。頴悟の背中に当てられた織之助の手が、どんと一回腰骨《こしぼね》を叩いた後で、力強く頴悟の身体を押し出した。

織之助と茂太郎は、南門を抜けると足早に戟門《げきもん》の中へ入ってしまった。頴悟はふわふわと雲の上を歩くような心持ちで、直次と武治の後ろから石畳の上を進んだ。

周《まわ》りを睥睨《へいげい》するかのような巨大な戟門の中で、数名の師範が巻文《まきぶみ》と筆を持って、新入りを待ち構えていた。

「今日初《ちょうはず》めて来た者は、宿許《やどもと》ど名を申せ！」

「新参者《しんざんもの》は、家ど名を名乗れ！」

「入学する者は、住まいど姓名を述べよ！」

師範達は、新入生を見掛《か》けると、口々に大声で叫んだ。直次と武治の背中に隠れるようにしながら、頴悟も大柄な師範の前に進んだ。そして、直次と武治が申告《しんこく》するのを、まるで芝居の口上《こうじょう》のように聞いた。

「本四《ほんす》ノ丁《のちょう》南側大町通り西六軒目《にすろっけんめ》、井深直次《いぶかなおづ》ど申すます！」

直次は、家で幾度《いくど》も言わされてきたであろう、住まいと姓名を、元気よく申告した。

「よす！　にしゃは毛詩塾《もうすずくぬ》二番組《ばんぐみ》だ。右手《めて》の東塾《すがすじゅく》さ行げ！」

「分がりますたッ！」

直次は、名簿を見ながら発する師範の嗄《しわが》れ声に、直角に右折すると足早に歩いて行った。

「本三ノ丁《ほんさんのぢょう》南側大町通り東三軒目《すがすさんげんめ》、簗瀬武治《やなせたけづ》ど申すます！」

武治も、はっきりと住所、姓名を述べた。

「よす！　三禮塾《さんれいずく》一番組。左手《ゆんで》の西塾《ぬすずく》さ入れ！」

師範が、筆を舐《な》めて名簿に印をつけながら言った。

武治も後ろを振り返ることなく、背を真っ直ぐに伸ばして左手の西塾《にしじゅく》へ向かう。

「次ッ！」

頴悟は、弾《はじ》かれたように、震える脚で師範の前に進み出た。

「住まいと名を述べよ！」

柔術《じゅうじゅつ》でも教えているのであろうか、肩幅の広い師範が胴間声《どうまごえ》を張り上げた。頴悟は恐怖を抱きながら、やっとの思いで声を発した。

「……本二ノ丁《ほんぬのぢょう》……北《きだ》……」

「声が小さーいッ！」

耳朶《じだ》が変形した厳《いか》つい顔の師範が怒鳴った。

「ほ、本二ノ丁、北、二、二軒目……」

「元《もと》い！　腹から声を出せ！」

捨鉢《すてばち》になって、大声で怒鳴った。

「本二ノ丁ッ！　北ッ！　二軒目ッ！　大町通《おおまちどお》りッ！　西側《にすがわ》ッ！　飯沼《いいぬま》ッ！　頴悟ですッ！」

「よす！　二経塾一番組《にけいずくいづばんぐみ》！」

「分がりますたッ！」

喉《のど》の渇きを覚えながら、必死で声を張り上げた。左へ向かう。

「逆《じゃく》だ！　右手さ行げ」

「畏《かすこ》まりますたッ！」

反射的に踵《きびす》を返し、右手に向かって歩き出した。完全に舞《ま》い上がっていた。膝《ひざ》が震え、自分の脚ではないように感じられた。

幾つも連《つら》なる戸口の上の表札を見て、新入りが続々と中に入って行く。頴悟もこわごわ表札を確認しながら奥へと進んだ。そして、一番奥の戸口の上に、自分の塾名を見付けた。

『二経塾一番組』！

文字が光を放っていた。輝いて見えた。

十歳《とお》になったら日新館へ入るのだぞ……来春《らいはる》は日新館に入るというのに、その様《ざま》は何だ！……大きくなったな。そうか、そうか、日新館へ入るのか……おめでとうごぜえます。いよいよ日新館でごぜえますな……素読所《そどくじょ》では十指《じっし》に数えられるよう、精進《しょうじん》せよ……日新館にお入りとのこと、まことにようございました……家族、親戚、中間《ちゅうげん》、知人、隣組《となりぐみ》、誰もが頴悟の日新館入学を、待ち望んでいた。そして、それは叶《かな》った。ご立派でございますよ、坊ちゃま……普段は口数の少ない厨女《くりめ》のきくまでが自分の事のように喜んでくれた。

「日新館《にっすんかん》素読所二経塾一番組、飯沼頴悟……」

改めて自分の身分と名前をつぶやいてみた。大人になったような気がした。自分の名前を認《みと》めた新入り達は、慌《あわ》てて下駄を脱いで廊下に上がると、下駄を揃《そろ》えて組へと急いだ。組の前の土間に、たくさんの童下駄《わらわげた》が置き去りにされた。角が丸い小さな下駄は、玩具のようだった。

頴悟も新しい桐下駄を脱いで、廊下に上がった。脱いだ下駄を揃えて向きを変える。二四間（四三メートル）の長い廊下に、若児《わかご》の甲高《かんだか》い声が飛び交っていた。

ドン・ドン・ドン・ドン・ド・ド・ド・ド・ド・ド……突如《とつじょ》、太鼓《たいこ》の音が威勢よく鳴り響いた。水が引くように童達の声が静まった。顯悟も急いで中に入る。満席だった。二〇畳余の部屋に高さ一尺五寸《すん》（四五センチ）の読誦台《どくしょうだい》が、縦四列横五列で整然と並んでいる。その全ての読誦台の前に、童が一人ずつ正座していた。空きはなかった。いや、床の間を背にした大人用の二尺（六〇センチ）の高さの読誦台と教授役である素読助勤《そどくじょきん》の真ん前の席には、誰も座っていない。左側の童の小刀と風呂敷包みが置いてあるだけだった。顯悟はその席に向かった。

小刀を腰から外《はず》し、座ろうとして右隣の童に声を掛けた。

「……済まねげっちょも、この刀《かだな》と風呂敷《ふろすき》をもう少す《すご》引き寄せでくんにべが……」

遠慮しながら、童に頼んだ。そして……自分の耳を疑った。

「そごもオラの席《せぢ》だ」

「！」

思わず顔を見た。細い目の初めて見る顔だった。細い目の童は、真っ直ぐ前を向いたまま、顯悟の顔を見ようともしない。顯悟は、途方に暮れて小刀を腰に差そうとした。読誦台がなくとも、とにかく最後尾《さいこうび》に移らなければならないような空気だった。

「移《うづ》っごどねェッ！」

左隣の童から険《けわ》しい声が発せられた。左の童は、爛々《らんらん》と光る目で右の童を睨《にら》んでいた。顔に疥《はたけ》のあるその童も初めての顔だった。

「そだな空《うづ》げ者の言うごどなんか聞ぐごどねェッ！」

「一番殿《すんがり》に入って来だ奴が悪《わり》べ。関係ねえのが小賢《こざか》すごど言ってんな！」

細い目の童の言い分にも一理あると思った。でも……

「動くなッ！　なじょしても動くなッ！」

疥の童が頴悟に言った。そして、立ち上がるや否や、水にでも飛び込むように細い目の童に突進した。胸にまともに体当たりされた細い目の童が、ひっくり返った。だが、体格で上回る細い目の童は、すぐに身体を入れ替えて、疥の童に馬乗りになった。背丈《せたけ》も目方も細い目の童が優《まさ》っていた。細い目の童は、左手で疥の童の襟《えり》を掴《つか》むと、右拳《みぎこぶし》で顔を殴り付けた。ガツッ、ゴツッという音の後、三発目で疥の童が鼻血を出した。しかし、疥の童は怯《ひる》まなかった。顔面への打撃にも構わず、細い目の童の左手を握《にぎ》ると、人差し指と中指と薬指に思いっ切り噛み付いた。

「ギャーッ！」

甲高い悲鳴を上げながら、細い目の童が、苦し紛《まぎ》れに右手で疥の童の顔を引っ掻《か》いた。疥の童の額と頬《ほお》に四筋《よすじ》の蚯蚓腫《みみずば》れができた。それでも疥の童は、噛み付いた指を離そうとしなかった。阿修羅《あしゅら》のような形相《ぎょうそう》だった。

「止《や》めでくんつェ、止めでくんつェ……」

恐ろしくなった頴悟が、細い目の童の腰にしがみ付いた。他の童達も組み合った二人を取り囲んで、息を殺している。

「アウッ、アウッ、アウウ、ア、アアーッ、アーッ！」

細い目の童が噎《むせ》び泣いた。それが合図ででもあったかのように、疥の童が噛み付いていた指を離した。細い目の童が、涙を流しながら疥の童の身体から降りた。

「アッ、アッ、アッ、アッ、アッ……」

大声で泣くのを必死に堪《こら》えていた細い目の童だったが、とうとう堪え切れなくなった。

「アーッ、アーッ、アーッ！」

一度溢れ出た声は、抑《おさ》えられなかった。左手を押さえた右手の指の間から、血が滴《したた》った。立ち上がった疥の童が、自分の鼻血と口の周りに付いた相手の血を袖《そで》で拭った。

「何騒いでんだッ！」

怒鳴り声と同時に大柄な武士が入って来た。黒の紋付《もんつき》・袴、五尺七、八寸（一七三センチ前

いた。
貧しい外様士《とざまし》であったが、その人格と博学が会津藩に認められて、日新館の素読所勤となって
昨年、日新館の二禮塾《にれいじゅく》二番組に入学した林八十治《はやしやそじ》の父、忠蔵《ちゅうぞう》だった。忠蔵は食禄一六石《しょくろくじゅうろっこく》の
「始《はず》まりの太鼓《だいご》が鳴っだっつうのに！　この戯《たわ》げめらッ！」
後）の偉丈夫《いじょうぶ》だった。

「早ぐ席さ着げッ！」

童達を一喝《いっかつ》した忠蔵は、刀掛《かたなかけ》に太刀を掛けると、高い読誦台の教授席に座った。童達も急いで席に着く。忠蔵は、しゃくり上げる細い目の童に向かって語り掛けた。

「男子《だんす》たる者、いづまでも泣いでて恥ずかすぐねえが？」

落ち着いた口調であったが、泣いていた童は、必死に泣くのを堪えた。

「名前は？」

「……ウッ、ウッ、に、西、西川《にすかわ》……ウッ、ウッ、西川、しょ、勝、勝太、勝太郎《しょうだろ》……」

「勝太郎、喧嘩《けんか》の訳《わげ》は何だ？」

「ウッ、ウッ、ウッ……そいづが飛びがかってきだ、きだがら……ウッ、ウッ……」

勝太郎《しょうたろう》が、疥の童を指差しながらやっと応《こた》えた。忠蔵は、鼻血を出している童に聞いた。

「にしゃの名前は？」

「永瀬《ながせ》雄次《ゆうづ》！」

雄次《ゆうじ》は、利《き》かん気の性分《しょうぶん》らしく、声を張り上げた。

「雄次、勝太郎さ飛びがかった訳を言え」

「……」

「言えねのが」

「……」

雄次は、光る眼で忠蔵を見たまま、応えようとはしなかった。

「オラのせいですッ！」

いたたまれなくなった頴悟が叫んだ。

「オメは？」

「飯沼頴悟ど申すます。オラの席を取ってくれようとすて、雄次が勝太郎さ飛びがかっていぎますた」

「勝太郎、頴悟がいま言ったごどは本当《ほんど》か？」

忠蔵が勝太郎に確かめた。

「……」

　勝太郎が無言で頷《うなず》く。

「雄次、間違《まちげ》えねえが？」

　今度は雄次に聞いた。

「間違えねェです」

「……そうが。分がった……そんじはこれがら素読を行《おこな》う。皆、『童子訓』を出せ……」

　忠蔵は、それ以上詮索《せんさく》することも叱責《しっせき》することもなかった。全員が童子訓を読誦台に載《の》せたのを見届けると、静かに命《めい》じた。

「雄次……十五枚目《ずうごまいめ》の『良友《りょうゆう》』の所《どこ》がら読んでみろ……」

「ハイ……良友に交《まず》わり、己《おのれ》が……己が……過《あやま》ぢを聞ぎ、善にすすみ、不善に……不善に……？」

「勝太郎、オメは読めっか？」

「不善に陥《おっ》いず……」

「んだ。雄次、続けろ」

「不善に、陥いず、徳を成す、仁《ずん》を……仁を……仁を……」

また、雄次が詰まった。

「勝太郎、教《おす》えでやれ」

「仁を輔《たす》くる事……」

「仁を、輔くる事、是又大《これまただい》なり。この大恩《だいおん》を、ム、ム、ム……」

「報《むく》ゆる事を」

勝太郎がすかさず教えた。

「報ゆる事を、身におこなわず、父母に孝なく、兄に、兄に……」

「悌《てぇ》」

雄次と勝太郎の息が合ってきた。

「兄に悌なく、君に忠《つう》なく、師に敬《けえ》なく、友に信《すん》なき者は……」

「仮令《たどえ》」

「仮令、万巻《ばんかん》の書を諳《そら》んじ、多能多芸なりども、何の用をかなさん」

「よす。いまの所を、勝太郎、もう一遍《いっぺん》読んでみろ」

「ハイ……良友に交わり、己が過づを聞ぎ、善にすすみ、不善に陥いず……」

勝太郎は水が流れるように読んだ。

「……多能多芸なりとも、何の用をかなさん」

「よす……勝太郎、『友に信なき者』とはどういう者だ?」

「……友垣《ともがち》から心頼《こころだよ》りにされない者、です……」

「んだ。雄次、『仁を輔くる』とは、どういうごどだ?」

「過づがないようにするごどです」

「そうだ。慈《いづぐ》すみを持って、正すく人《しと》さ接するごどだ……分がってんでねェが。んだらば、今度は一言《しとごと》、一言、その意味を考えながら読んでみろ。先《ま》ず、雄次がらだ」

「……ハイ……良友に交わり、己が過づを聞き、善にすすみ……」

雄次は、一語一語噛み締めるように読んだ。

「……多能多芸なりとも、何の用をかなさん」

「よす。次は勝太郎だ。自分《ずぶん》に言い聞《ち》かせるように読め」

「……ハイ……良友に交わり、己が過づを聞き、善にすすみ……」

勝太郎の読誦は淀《よど》みがなかった。

「仮令、万巻の書を諳んじ、多能多芸なりとも、何の用をがなさん」

「よす。『童子訓』を読誦すっ時《とじ》は、いづも自分の心さ届くように読め。そんだらば、次の所を、頴悟、読んでみろ」

「……ハ、ハイ。ひ、人をあなどり、き、き、驕慢《きょうまん》の心、日に憎し、た、他《た》をそしり、能をねたみ……」

突然の指名だった。上擦《うわず》った声で、慌てて読み始めた。

「慌でねっていい。落ぢ《づ》着いで読め」

「ハ、ハイ……或《あるい》は、遊惰《ゆうだ》に日を消《しょう》し、おのれを放恣《ほすいまま》にすて、逸楽《いづらぐ》をおもうといえども……」

ゆっくり読んだら、少し落ち着いてきた。

「……終《すまい》に天の咎《とが》めを受げ、一生、幸いをも得ず、憂苦《ゆうく》に身をしずむるごど、みずからなせる孼《わざわい》とは云いながら、実《ずつ》に嘆《なげ》かわしきこと也」

家で手習いしてきた文言《もんごん》が、すらすらと口をついて出てきた。身体に染み込んでいたものだった。

「よす……日新館の拠《よ》り所は正直《しょうずき》であるごどだ。他人は騙《だま》せでも、自分の心は欺《あざむ》げね。常に自分に正直であれ、分がったな……」

「ハイッ！」

「ハイッ！」

「ハイ……」

「ハイ」

「分がりますた」

全員が眼を大きく見開いて返事をした。顗悟も生涯《しょうがい》正直《しょうじき》に生きようと心に誓った。

三　水練

日新館《にっしんかん》に向かう途中の畑や道端《みちばた》に咲いている野甘草《のかんぞう》の山吹色が、炎天下で揺れている。

文久《ぶんきゅう》（一八六一～）から元治《げんじ》（一八六四～）へと元号が変わった年、頴悟《えいご》は一〇歳になった。

書物を読むのが好きで、学問の成績はよく、入学二年目にして第三等の考試《こうし》に合格した。だが、日新館のみならず、会津藩《あいづはん》全体に尚武《しょうぶ》の気風《きふう》が強く漂《ただよ》っていて、学問ばかりに精を出す者は、「書物読み」といって軽蔑《けいべつ》された。日新館では素読所《そどくじょ》の年少者であっても、文武両道《ぶんぶりょうどう》を求められた。

生徒は素読所入所時から、厳格《げんかく》な規律と人格形成の基礎として「日新館童子訓《どうじくん》」を徹底的に叩き込まれる。同時に漢学を主とした高水準の学問も教授された。

その教育は入所時の第四等から始まり、素読所卒業の第一等に合格するには、各等とも春・秋二回の考試に合格しなければならなかった。

漢学では、大学《だいがく》・中庸《ちゅうよう》・論語《ろんご》・孟子《もうし》の四書《ししょ》、易経《えききょう》・書経《しょきょう》・詩経《しきょう》・礼記《らいき》・春秋《しゅんじゅう》の五経《ごきょう》、小学《しょうがく》、十八史略《じゅうはっしりゃく》、史記《しき》、漢書《かんしょ》、後漢書《ごかんしょ》を修《おさ》めなければならない。

漢学以外でも、国学、国史、地理学、和算の習得《しゅうとく》が必須《ひっす》だった。さらには星を観察するための天文台《てんもんだい》まで敷地内に造られている。

日新館では武芸の鍛錬《たんれん》も重視されたが、顕悟は馬術《ばじゅつ》以外の武芸は不得手だった。弓術《きゅうじゅつ》・馬術・槍術《そうじゅつ》・刀術《とうじゅつ》の基本的武芸は稽古《けいこ》時間も多く、道場や馬場からは、いつも気合いの入った甲高《かんだか》い掛《か》け声が聞こえてきた。

弓術では日置《へき》流《りゅう》道雪派《どうせつは》、日置流印西派《いんざいは》、豊秀流《とよひでりゅう》が、馬術では大坪流《おおつぼりゅう》の古流《こりゅう》と新流《しんりゅう》、槍術は直槍《すやり》の大内流《おおうちりゅう》、管槍《くだやり》の一旨流《いっしりゅう》、宝蔵院流《ほうぞういんりゅう》高田派《たかだは》の三流が指南された。剣術《けんじゅつ》は安光流《やすみつりゅう》・太子《たいし》流《りゅう》・一刀流《いっとうりゅう》溝口派《みぞぐちは》・真天流《しんてんりゅう》・神道精武流《しんとうせいぶりゅう》の五流で、「会津五流」と呼ばれていた。

弓馬槍刀以外にも、小銃を稽古する砲術《ほうじゅつ》、格闘のための柔術《じゅうじゅつ》、川や濠《ほり》を渡るための水練《すいれん》も実施され、射撃場である角場《かくば》や武道場、日本初の水練水馬池《すいばいけ》なども造られていた。

水練水馬池は武講所《ぶこうじょ》と武道場に囲まれた中庭にあった。直径一七間《けん》（三〇メートル）、水深四尺七寸《すん》（一四二センチ）、池の淵《ふち》に平たい安山岩《あんざんがん》が敷き詰めてある。

武芸でも、各武術《ぶじゅつ》ごとの考試があり、水練の考試に合格するには、着衣のままで池の中心部を一往復、三三間（六〇メートル）を泳ぎ切らなければならなかった。

頴悟は、武芸の中でも水練が特に苦手だった。幼い頃の溺《おぼ》れた記憶が恐怖となって、肩に力が入り、身体が硬直して泳ぐことができなかった。何度稽古を重ねても池に飛び込むことが恐ろしく、足がすくんだ。池の中で待つ大柄な師範《しはん》・池上勘右衛門高彬《いけがみかんうえもんたかあきら》に幾度《いくど》も促《うなが》され、死んだつもりで眼を瞑《つぶ》ったまま飛び込むのだが、顔が水の中に沈んで鼻から水が入ったとたん、頭の中が混乱し、手足が勝手に動いてもがいてしまう。一度恐慌《きょうこう》をきたしてしまうと、何が何だか解らないまま、師範に襟《えり》を掴《つか》まれて飛び込んだ石の上に持ち上げられるのが、常だった。

　他の者は飛び込んだ後、水没しながらも底の石を蹴《け》って浮上し、首から上が水面から出ると、手足を蛙《かえる》のように動かし始め、少しずつ進んでいく。水練の巧《たく》みな者程《ほど》肩に力が入らず、一掻《か》き一蹴りで進む距離《きょり》が長い。

　二経塾一番組《にけいじゅくいちばんぐみ》の中では、雄次《ゆうじ》の水練が群を抜いていた。考試にも一番先に合格している。雄次の水練は、水中で両腕が前に伸びたかと思うと、顔の前で合掌《がっしょう》し、一瞬遅れて開かれた両足が合わせられる。合わせられた草鞋《わらじ》から細かい泡が発生して、身体の後ろへ流れていく。雄次の身体は川の流れにでも乗ったかのようにスーッと前方に移動した。ゆったりとしたその仕《し》草《ぐさ》は無駄《むだ》がなく、一回の動作で移動する距離も長ければ、速度も速かった。この日の水練でも、静かな動作で息も切らさずに池を一往復して戻って来た雄次は、飛び込んだ平らな石に手を掛けて身体を持ち上げると、河童《かっぱ》のように水を滴《したた》らせながら石の上に立った。灰褐色《はいかっしょく》の安山岩が濡《ぬ》れて黒くなる。雄次は手足を弥次郎兵衛《やじろべえ》のように素早く回転させて、着物の水を振り払った。周囲に水飛沫《みずしぶき》が飛び散り、池の中で見守っていた池上師範の顔にも水飛沫が掛かった。

「コラァ！　雄次！　にしゃは会津犬《いぬ》がッ！」

「オラは会津犬ではねえげんちょ、戌年生《いぬどす》まれです」

とぼけた雄次の返事にドッと笑いが起きた。池上師範も苦笑している。

「んだらば、次ッ！　顕悟！　今日《ちょう》こそはなじょしても向こう岸《きず》さ着《づ》いで戻って来《こ》う」

「……ハ、ハイ……」

とうとう自分の番になってしまった……顕悟は不安を抱えながら、平らな石の上に立った。脚が震《ふる》えた。足元の石の上に水が滴って、背後に人が立った。低い声がした。

「落ち着《づ》げ……大丈夫《でえじょぶ》だ。オラの言う通りにすろ……」

振り返った顕悟の眼に、稚児髷《ちごまげ》から水を滴らせて微笑む雄次の顔が飛び込んできた。

「……先《ま》ずゆっくり三つ数えんだ。数えながら一、二の、三で飛び込め。ドボンと聞こえたら、トンと底石《そこいす》さ蹴っぽれ。そすたら、自然《ずぜん》に顔が水がら出っがら。水がら顔が出だらプッハーッと息《いぢ》を吸い込め。そすて今度は二っつずつ数えんだ。イーヂで、両手《りょうで》と両足《りょうあす》を広げてくっつけろ。ニーイも同ずだ。何遍《なんべん》もこれをやればいい。イーヂ、ニーイど口《くづ》の中で唱《とな》えながらやっと上手くでちる。いいな……顓悟、オメなら絶対でちる。頑張れ……」

顓悟は雄次の言葉を頭の中で反芻《はんすう》してみた。一、二の、三、ドボン、トン、プッハーッ。イーヂ、ニーイ、イーヂ、ニーイ……

「顓悟、心構えはでちたが？」

池の中から池上師範が促した。

「……や、やってみます……」

顓悟は草鞋の緒をきつく締め直すと、平らな石の先端に進んだ。池の淵に優雅《ゆうが》な鷺草《さぎそう》が咲いている。

白い羽を広げたような優美な花だ。水面が夏の日差しを受けて光っていた。存外《ぞんがい》落ち着いていられる。

心の中で数を数えた。一、二の、三……思い切り石を蹴った。ドッボーンッ！　直立したまま足から飛び込んだ。鼻から水が入ってきて、息が止まった。必死になって眼を開けたが、泡の他には何も見えなかった。苦しかった。草鞋を履いた足の裏が底石《そこいし》に触れた。トンだッ！　水上から鋭い叫びが聞こえた。トン、底石を蹴った。水面に出た。青空が見えた。プハーッ、思わず大きく息を吸った。これまでと違って、水を飲むことなく顔が水面から出た。入道雲が白かった。蝉の鳴く声も聞こえる。イーヂッ！　また鋭い掛け声が聞こえた。イーヂ……頴悟もその声を真似て声に出し、両手両足を開いて閉じた。濡れた単《ひとえ》が腕に張り付いて動かしにくい。それでも身体がわずかに前に移動した。ニーイッ！　また声が聞こえた。ニーイ……頴悟も声に出しながら手足を動かす。袴《はかま》が太腿《ふともも》にまとわりついてひどく重い。しかし、またわずかに進んだ。イーヂッ！　今度は何人かの声だ。イーヂ……頴悟も声に出しながら両手両足を開いては閉じる。また少し進んだ。ニーイ……周囲の声と頴悟の声が一緒になって、頴悟の身体が移動する。イーヂ……いくつかの声と自分の声が完全に重なって、頴悟は自分が大声を出しているような錯覚《さっかく》に陥《おちい》った。ニーイ……小気味《こきみ》いい掛け声に合わせると、不思議に疲れなかった。

イーヂ……ニーイ……掛け声はいつの間にか大勢の声援となっていて、規則正しく発せられていた。その度に手足を動かす頴悟の身体は、水面を渡る波のように静かに上下しながら移動した。大声援の中でも一際大きな声は、雄次の声だった。一回の掻きで進む距離が伸びてきた。反対側の目印であった大石が目の前にあった。その石に触れれば、残りは半分だ。いままで全く泳げなかった自分が、一七間の距離を泳いだ。頴悟は早く大石に触れようとして、急いで水を掻いた。右手が大石に届いた……はずだった。空振りした頴悟の右手が大石の前で沈んだ。水を受けた袂《たもと》が石でも入れたように重くなった。慌《あわ》てて両手を動かした。身体が立って、水中に引き込まれた。無我夢中で手足を動かした。水を飲んだ。呼吸が止まって肺が破裂《はれつ》しそうだった。

「蹴っぽれッ！　両足で大石を蹴っぽれッ！」

誰かが大石の上で怒鳴っていた。頴悟は朦朧《もうろう》とする意識の中で、水平に身体を投げ出すと、両足の裏で大石を蹴った。蹴った反動で一間程身体が出発した方向に進んだ。顔が出た。助かった。夢中で息を吸うと、ヒューッと笛を吹くような音が出た。

イーヂッ！　再び頭上で声が聞こえた。頴悟は無意識に両手両足を開いては合わせた。ニーイッ！　大声で号令を掛けていたのは……勝太郎《しょうたろう》だった。勝太郎は大石の上であらん限りの大声を出し、頴悟を励《はげ》ましていた。頴悟の身体が大石から少し遠ざかると、勝太郎は池の淵の右手を頴悟の移動に合わせてゆっくり歩いた。勝太郎に合わせて、数名が一緒に歩きながら号令を送ってきた。イーヂッ！　ニーイッ！　頴悟は一心不乱に手足を動かした。池の中央まで戻って来た。もはや体力の限界だった。既《すで》に二五間（四五メートル）泳いでいる。

これっぽっちも泳げなかった自分が。もう駄目《だめ》だ。これ以上は無理だ……イーヂイッ！　ニーイイッ！　今度は池の左手から大きな声が聞こえた。雄次の声だった。雄次は顕悟が手足の動作を合わせやすいように、号令の最後をしゃくり上げていた。雄次の声に大勢が唱和《しょうわ》した。イーヂイッ！　ニーイイッ！　顕悟は号令に合わせてのろのろと水を掻いた。何も考えられなかった。池中に響き渡る掛け声に、手足が勝手に反応していた。自分の手足のようではなかった。

あど少しだッ。頑張れッ、顕悟ッ！　頑張れッ！　雄次が大声で怒鳴っている。イーヂイッ！　ニーイイッ！　イーヂイッ！　ニーイイッ！　雄次の声に合わせて池の両岸から大勢の声が聞こえてきた。顕悟は無意識に水を掻き続けた。自分の身体がどうなっているのか解らなかった。ただ本能のようなものが顕悟の身体を衝《つ》き動かしていた。薄れかける意識の中で、顕悟は両岸から掛けられる声を以前にも聞いたことがあると思った。

顕悟！　オメはオラ達《だつ》の望みだ。二《ぬ》経塾一番組《けいずくいづばんぐみ》の宝だ。頑張れ！　あどほんの少しだ。イーヂイッ！　ニーイイッ！　イーヂイッ！　ニーイイッ！　イーヂイッ……

池一帯の声がいつの間にか一つになって、正面から聞こえてきた。意識が薄れて異様《いよう》に重い身体を、号令に合わせてやっと動かした。目の前に平らな石があった。何も考えずに右手を伸ばした。水面から出ている石の表面に手のひらがついた。太陽に灼かれた石が熱い。石の上で数匹の河童が騒いでいた。気が触れたように喜んで抱き合っている河童は、雄次と勝太郎に似ている。雄次……勝太郎……礼を言おうと思ったが、水中に沈んだ頴悟の口からは、泡が出ただけだった。

突如《とつじょ》、襟を摑まれて、頴悟は石の上に引き上げられた。そのまま仰向《あおむ》けに寝かされる。池上師範が濡れた顔で、こっちを見ている。

……大丈夫が……声は聞こえなかったが、口の動きで解った。寝たまま小さく頷《うなず》いた。

「……このまますばらく寝でいろ……」

ごつい体格の師範が優しく言った。屈《かが》んだ雄次が手拭《てぬぐ》いで頴悟の顔を拭いてくれた。単と袴を脱がせてくれているのは勝太郎だった。草鞋も石田和助《いしだわすけ》が脱がせてくれる。頴悟の無事を見届けた師範は師範舎《しはんしゃ》に向かった。

太陽の下で下帯《おび》一つになった頴悟は、爽やかな風に吹かれて心地よさを感じていた。シャワシャワシャワと無数の蝉が鳴いている。高空でピーッと短く鋭く鳴くのは、鷹《たか》だろうか、隼《はやぶさ》だろうか。遥か遠くで聞いたような、祭り囃子《ばやし》にも似た仲間の声援が耳の奥に残っていた。オメはオラ達の望みだから……宝だから……そう言って励ましてくれた仲間のお陰《かげ》で、最後まで泳ぎ切ることができた。自分の力ではねェ。皆のお陰だ。

最後に石に触った時、殊更《ことさら》自分のことのように喜んでくれたのは、雄次と勝太郎だった。あの二人が手を取り合ってあんなにも嬉しがっていた。胸が熱くなった。

師範舎に行っていた池上師範が戻って来た。

「……顕悟、寝だまんまでいいがらよぐ聞け」

逞《たくま》しい肉体の師範は書状を持って、寝ている顕悟の脇に座した。

「　合格ノ証
二経塾一番組　飯沼《いいぬま》顕悟
右ノ者　水練ノ考試ニ合格ヲ認ム
元治元年六月二八日　水練師範　池上勘右衛門高彬」

両手を広げて書状を読み上げる野太《のぶと》い声が顕悟の耳に届いた。

「ヤッターッ！」

「合格だ！　合格すたぞ！」

「すんげえ、すんげえ」

「いがったな、顕悟」

これまで何度も落ちた水練の考試に、とうとう合格した。組の中で顕悟が最後だった。その合格を誰もが我がことのように喜んでくれている。この時期の合格を逃したら、来年の夏まで機会がなかった。不得手だった水練で結果を残すことができた。雄次のお陰で……勝太郎のお陰で……仲間のお陰で……

「頴悟さ見せでやれ」

雄次が、池上師範から受け取った書状を、寝ている頴悟の顔の前に広げた。

「……合格ノ証、飯沼頴悟殿……右ノ者、水練ノ考試《こうす》サ首席《すせき》合格ヲ認ム」

おどける雄次の言葉にドッと笑いが弾《はじ》けた。頴悟は書状の簡単な文字が涙で滲《にじ》んで読めなかった。

四　錬　成

慶応《けいおう》（一八六五）になったばかりの一一歳の時、頴悟《えいご》は勢至堂峠《せいしどうとうげ》を通って、若松と白河《しらかわ》を往復した。涼風が気持ちのいい秋冷《しゅうれい》の頃だった。

それは藩命《はんめい》で白河・小峰城《こみねじょう》に遣《つか》わされた父の供で、兄・源八《げんぱち》も一緒だった。途中、赤津宿《あかつじゅく》と勢至堂宿でそれぞれ一泊、三日目に白河に着いた。父は着いたのが夕刻《ゆうこく》であったにもかかわらず、小峰城に登城して、御家老《かろう》から託された書状を年寄《としより》に届けて役目を終えた。夜には、父の幼馴染《おさななじみ》である上級武士の、会津町《あいづまち》にある侍屋敷《さむらいやしき》に招かれて夕餉《ゆうげ》を馳走《ちそう》になった。頴悟も兄も、蕎麦《そば》や岩魚《いわな》の塩焼きなど、出される料理を次々に平らげた。娘しかいないという同郷《どうきょう》の武士は、目を細めながら頴悟と兄を見て、父と酒を酌《く》み交《か》わした。

翌日は卯《う》の刻《こく》（午前五時）に出立《しゅったつ》し、白河街道《かいどう》をひたすら歩いた。白河街道は、会津を目指す場合は会津街道とも呼ばれる。杣道《そまみち》だったものを、天文《てんぶん》十四年（一五四五）に会津藩主・蘆《あし》名盛氏《なもりうじ》が開き、天正《てんしょう》十八年（一五九〇）に豊臣秀吉《とよとみひでよし》の会津入りに当たって伊達政宗《だてまさむね》が整《ととの》えた。それ以後、太閤道《たいこうどう》と呼ばれるようになった山間《やまあい》の街道は、三間《けん》（五・四メートル）幅で、石畳が敷かれた立派な道になっていた。

威厳《いげん》のある坂道を登り続け、戸数四〇数軒、人数二〇〇余人、馬五〇頭の勢至堂で遅い昼餉《ひるげ》を取った。小さな茶屋で、茄子《なす》の塩漬けが乗《の》った湯漬けを食べると、再び山の中へ分け入って、枯葉が舞《ま》い散る石畳を歩き続けた。

岩肌を落下する大きな滝や、馬頭観音堂《ばとうかんのんどう》を過ぎて、汗びっしょりになりながら峠の頂上に着くと、突如樹影《とつじょじゅえい》が途切れて、眼下に黄金《こがね》色の会津平野が広がった。大きな石に腰を下ろして平野を一望すると、顗悟は自分が小さくなったような気がした。ひんやりとしたそよ風に汗が引き始めて、気持ちがよかった。

竹筒《たけづつ》の水を飲み終えた兄が、やおら猿の真似《まね》を始めた。身体の前で両手をぶらぶらさせ、蟹《がに》股《また》でうろうろしながら言った。

「コレコレ、そこの会津っぽよ、こったら山ん中さやんごとなき道を、よくぞ拵《こしら》えたものでおじゃるのう。褒《ほ》めて遣《つか》わすぞよ」

顓悟は、腹を抱えて笑い転げた。兄が真似ているのは、明らかに太閤様だった。

「源八《げんぱつ》、畏《おそ》れ多い真似をすんでねえ」

そういう父の眼も笑っていた。その後もひたすら歩き続けて、夕刻に勢至堂峠の麓《ふもと》の村に着いた。三〇〇丈《じょう》（九〇〇メートル）の峠の下り道は勾配《こうばい》がきつく、明かりの灯る御代《みよ》の宿場に着いた時には膝《ひざ》が笑っていた。赤腹《あかはら》の甘露煮《かんろに》と茸《きのこ》の味噌汁で麦飯を掻《か》き込むと、堅い布団に倒れ込むようにして眠った。

父は練成の目的で、顓悟と源八を白河に同行させたようだった。顓悟にとって帰りの道程は、それまでになくきつい歩行だったが、いまとなっては懐かしく楽しい思い出だった。

父と兄に関する記憶の中で、一番印象深いものだった。

五　鳥羽・伏見の戦い

三年の月日は瞬《また》く間だった気がする……

二年前に元服《げんぷく》し、飯沼頴悟《いいぬまえいご》から飯沼貞吉《さだきち》になった。秋には日新館素読所《にっしんかんそどくじょ》最後の第一等考試《こうし》に合格した。ひと月前に素読所を卒業すると、すぐに藩《はん》の最高学府である講釈所《こうしゃくじょ》・止善堂《しぜんどう》に入学を許可された。

講釈所では、従兄弟《いとこ》の山川健次郎《やまかわけんじろう》と一緒になった。健次郎の母・ゑんと貞吉の母・文子《ふみこ》が姉妹で、貞吉は幼い頃よく母に連れられていった山川家で、同年の健次郎と遊んだ。健次郎より九歳上の兄・山川大蔵《おおくら》は、日新館生徒の頃から大変な秀才だった。一六歳で父を亡くして家督《かとく》を継《つ》ぐと、一八歳で物頭役《ものがしらやく》に就《つ》いた。その後、容保《かたもり》公に従って上洛《じょうらく》し、奏者番《そうしゃばん》に抜擢《ばってき》されるなど、会津藩《あいづはん》期待の星だった。

弟の健次郎は……滑稽《こっけい》な少年だった。戦《いくさ》ごっこをしていて竹光《たけみつ》で斬られると、グエーッ！と大声を出し、突き上げた両手で虚空《こくう》を摑《つか》み、ばったり倒れ込んだ。倒れた後も大袈裟《おおげさ》に腕や脚を震《ふる》わせ、白目を剥《む》いて口をパクパクさせて何か言おうとした。タ・タ・タ・タ……貞吉が駆け寄って抱え起こすと、健次郎は貞吉の耳元で最後の力を振り絞《しぼ》って囁《ささや》いた。

「……タ・タ・タイ、細布子《たいこ》が好きだべ……」

貞吉は頭に血が上った。恥ずかしさで頬《ほお》が染まるのが解った。思いもよらない言葉だった。

再び健次郎が耳元で囁いた。

「……オラもめんこいと思う」

健次郎が悪戯《いたずら》っぽく笑いながら起き上がった。細布子は父方の、やはり貞吉や健次郎と同い年の従姉妹《いとこ》だった。細布子とその妹の瀑布子《たきこ》は、美人姉妹として評判だった。

「そったらごどねェ！」

本心を見透《みす》かされたような気がして、貞吉は必死に打ち消した。

「虚言《うそ》をついではなりませぬ……オラ、オメのそういう正直《しょうずき》などこが好きだ」

強い正義感とひょうきんさを併《あわ》せ持つ健次郎は、成績もよかった。井深茂太郎《いぶかもたろう》をはじめ、林《はやし》八十治《やそじ》や間瀬源七郎《ませげんしちろう》も講釈所へ入学していたが、一三歳で入学を果たした茂太郎を除けば、健次郎は入学したばかりだというのに、八十治や源七郎と五分《ごぶ》に討議《とうぎ》を行っていた。既《すで》に経書《けいしょ》の半分を習得《しゅうとく》し、詩作《しさく》も始めている。貞吉は、経書に取り掛《か》かったばかりだった。

健次郎は、明るく一本気な性格で、忠君と信義《しんぎ》を何よりも大切にする会津武士にふさわしい少年だった。ただ背丈《せたけ》が低く、同い年の貞吉より三寸《さんずん》（九センチ）も小さかった。

慶応《けいおう》四年（一八六八）の二月節（三月五日）は、大雪になった。お城にも武家屋敷《やしき》にも郭外《かくがい》の町家《まちや》にも職人長屋にも、雪は平等に降り積もり、城下は全て白銀に覆《おお》われた。

啓蟄《けいちつ》の辰《たつ》の刻《こく》（三月五日午前八時）、冷たい空気に包まれて人の往来も少ない、ひっそりとした城下を、貞吉は講釈所仲間の健次郎と肩を並べて歩いていた。日新館への道すがら、健次郎は兄・山川大蔵の話をした。

大蔵は、若いながらも会津藩の重臣として、京都守護職《きょうとしゅごしょく》を拝命《はいめい》した藩主・松平《まつだいら》容保公に従って京都・黒谷《くろだに》の金戒光明寺《こんかいこうみょうじ》に入った。二度の天覧馬揃《てんらんうまぞろ》えを滞《とどこお》りなく執《と》り行い、不穏《ふおん》な動きをした長州藩を京から追放するなど期待に違《たが》わぬ活躍をした。

だが、鳥羽《とば》・伏見《ふしみ》の戦いでは、長州藩とそれまで味方だった薩摩藩に手痛い敗北を喫《きっ》した。

大蔵は、留守《るす》居役《いやく》に当てて、戦の詳細を記《しる》した文《ふみ》を寄越《よこ》した。

——大量の火器で続々と押し寄せる薩摩・長州藩に対し、会津・桑名《くわな》両藩は果敢《かかん》に応戦した。先鋒《せんぽう》は会津藩配下の新撰組《しんせんぐみ》と会津藩兵《はんぺい》からなる抜刀隊《ばっとうたい》が捨て身で斬り込み、敵を迎撃《げいげき》しようとした。次鋒《じほう》として会津・桑名の鉄砲隊が続くはずだった。先陣《せんじん》を切る抜刀隊は勇敢《ゆうかん》だったが、大量のエンフィールド銃が張り巡らす弾幕の前に、次々と斃《たお》された。伏見奉行所《ぶぎょうしょ》で六六名だった新撰組は四五名になっており、味方の戦死者二八三名のうち、一三〇名が会津藩士だった——文にしたためてあった内容を見る限り、大蔵は戦場《いくさば》にあって冷静に戦況《せんきょう》を分析し、その敗因も正確に捉《とら》えていた。

……新撰組が、あれ程精強《ほどせいきょう》を誇っていた新撰組が敗れた。京都で向かう所敵なしだった新撰組が……

貞吉は言葉を失っていた。いつの間にか日新館に着いていた。健次郎は既に桐下駄《げた》を脱いで講釈所の畳に上がっている。貞吉ものろのろと下駄を脱いで畳に上がった。大蔵が送って寄越した文の内容が頭から離れなかった。新撰組が負けた。会津も負けた。薩摩や長州に歯が立たなかったという。会津藩挙《あ》げての追鳥狩《おいとりがり》では毎年怪我《けが》人が絶《た》えない程、武芸の鍛錬《たんれん》に力を注いできたのに。若年者も日新館でこれだけ厳しい武芸の稽古《けいこ》や学問に励《はげ》んでいるというのに。新撰組でさえなす術《すべ》がなかったら、会津がどんなに頑張ったって、ましてやオラ達《だつ》がいか程努力しようと……

貞吉の暗い顔を見て、茂太郎や八十治が声を掛けてきた……貞吉、顔色《かおいろ》が悪いぞ……どっか具合でも悪いんでねえが？　貞吉は何と応《こた》えていいのか解らなかった。自分の想いを正直に口に出すことが躊躇《ためら》われた。本当は、会津は弱いのではないか……薩摩・長州との戦《いくさ》になったら……会津は勝てね！　会津は負ける……オラの会津が……滅びっちまう……

六 閉鎖

三月節（四月五日）に講釈所《こうしゃくじょ》の中等に進んだ時、貞吉《さだきち》の背丈《せたけ》は四尺九寸《すん》（一四八センチ）だった。もう少しで五尺（一五一センチ）だ。健次郎《けんじろう》より大分大きい。

……織之助《おりのすけ》さんは以前から身体が大きかったが、いまでは五尺五寸（一六六センチ）もある。大概《たいがい》の大人よりも大きい。安光流《やすみつりゅう》の剣術《けんじゅつ》は日新館《にっしんかん》一で、締方《しまりかた》とも五分《ごぶ》に渡り合う。遠山《とおやま》嘉右衛《かうえ》門《もん》直好《なおよし》師範《しはん》も、その天稟《てんぴん》を高く評価されている。

……直次《なおじ》さんは一五〇石《こく》取りの石山弥右衛門《いしやまやうえもん》の養子となって、いまは石山虎之助《とらのすけ》だ。幼い頃から記憶力が抜群で、百人一首を全て諳《そら》んじたのも六歳の時だ。文久《ぶんきゅう》三年（一八六三）、一緒に日新館に入学したが、直次さんは毛詩塾《もうしじゅく》二番組だった。少し前に四書《ししょ》を終えて第二等の考《こう》試《し》に合格したが、既《すで》に一八史略《じゅうはっしりゃく》の解釈《かいしゃく》も終えた。

武ちゃんは弓が抜群だ。日置流道雪派《へきりゅうどうせつは》の弓術《きゅうじゅつ》で、藩主《はんしゅ》の多くが学び、日新館で最も盛んに学ばれている流派だ。武ちゃんは弓を携《たずさ》えた遠歩《とおある》きで、飛んでいる鷹《たか》を射落《いお》としたことがある。

……去年の夏、東山《ひがしやま》の滝で小休止を取っている時だった。小川有太郎常有《おがわゆうたろうつねあり》師範が松林の上を舞《ま》う鷹を指差して言った。

「あの鷹を射落とせる者はいねが？」

遠歩きに参加していた生徒七一名全員が先を競って矢を放ったが、師範と締方以外では、鷹が旋回する三〇間《けん》（五四メートル）上空まで矢が届いたのは武治《たけじ》一人だった。確か武治の二射目だった。渓谷の上昇気流に乗ってゆっくりと滑空《かっくう》する鷹に向かって、武治の放った矢が真っ直ぐに飛んでいった。吸い込まれるような軌道《きどう》だった。次の瞬間、鷹が急角度で方向を変えたと思ったら、左翼《さよく》付け根に矢が刺さっていた。出来の悪い凧《たこ》のように、鷹は不規則に回転しながら落下して来た。大喜びされた師範は、翌日、日新館の正門に事の顛末《てんまつ》を書いて張り出し、武治に黒漆《くろうるし》の塗籠藤《ぬりごめとう》の弓を下された。

武ちゃんは常々弓を射る時は無心になれると言っていた。そして、それはこの上なく至福《しふく》のひと時であるとも……

幼児期の遊びの什《じゅう》は、素読所《そどくじょ》でそのまま学びの什となった。

幼馴染《おさななじみ》は一人も欠けることなく、会津《あいづ》藩上級武士の子弟が入学を義務付けられている、藩校日新館の学友となっていた。素読所で優秀な成績を修《おさ》めた者は、講釈所への入学が許可される。その日新館が慶応《けいおう》四年（一八六八）五月初めから戦傷兵のための病院となって、素読所も講釈所も閉鎖《へいさ》されている。慶応四年三月の軍制改革で誕生した白虎隊《びゃっこたい》は、数え一五歳から一七歳までの武家の子弟で編成されたが、一五歳では体力的に訓練に付いていけない者も多く、直ぐに一六歳からに改められた。白虎隊士の三割が上級武士の子弟、日新館出身者だった。白虎隊は上士《じょうし》・中士《ちゅうし》・下士《かし》という親の身分によって、士中《しちゅう》・寄合《よりあい》・足軽《あしがる》の三部、五中隊に分けられた。総勢三〇五名、大人の将校が二八名。日新館出身者は全員が白虎士中隊に配属された。貞吉も入隊を熱望して、白虎士中二番隊《にばんたい》への入隊を許可された。名誉なことだった。心が踊り、思わず口元が綻《ほころ》んだ。だが、嘉永《かえい》七年（一八五四）生まれの自分は、本当は白虎隊に入る資格は……

……日新館《にっすんかん》の拠《よ》り所はただ一づ、正直《しょうずき》であるごどだ。自分の心は欺《あざむ》げね。常に自分に正直でなければなんね……

素読所勤《そどくじょきん》の林忠蔵《はやしちゅうぞう》師範の教えが、頭の中で渦巻《うずま》いていた。だが、いまは非常時だ。会津存亡の秋《とき》だ。たとえ若年で、体力で劣ろうとも気力が充実していれば……そうだ、年齢は関係ない。志があれば自分のような者でもきっと役に立てる。日新館のために……若殿《わかとの》・喜徳《のぶのり》公のために、御老公・容保様《かたもりさま》のために……会津のために……戦《たたか》わなければならない……たとえ負け戦《いくさ》になろうとも……家族の顔が、友の顔が、細布子《たいこ》のほっそりした白い顔が、貞吉の頭の中を駆け巡った。

七　初　陣

慶応《けいおう》四年（一八六八）五月、白虎士中《びゃっこしちゅう》一番隊《いちばんたい》と二番隊《にばんたい》は、若殿《わかとの》・松平喜徳《まつだいらのぶのり》公を護衛《ごえい》して、猪苗代湖《いなわしろこ》の南・福良《ふくら》へ出陣《しゅつじん》した。士中白虎隊の初陣《ういじん》である。隊員は七四名、大人の将校は一〇名であった。

藩主《はんしゅ》自らの出陣は、白河《しらかわ》方面で激しい戦闘を繰り広げている会津兵《あいづへい》の激励が目的だった。福良は若松と白河を結ぶ白河街道《かいどう》の中間点にある。士中白虎隊の役目は戦闘ではなく、近衛兵として君主・喜徳公を護《まも》ることであった。

士中白虎隊の少年達は、登校を命じられた日新館《にっしんかん》で出動命令を受けると、飛び上がって喜んだ。近くの者と手を取り合い、肩を叩き合って騒いだ。あちこちで雄たけびが上がり、戦傷兵が収容されている日新館は湧《わ》き返った。少年達は瞳を輝かせ、口元を綻《ほころ》ばせた。純粋さだけがあった。

五月二十七日（新暦七月十六日）、夏の若松城下に白虎士中一番隊中隊頭《ちゅうたいがしら》・春日和泉《かすがいずみ》の濁声《だみごえ》が響き渡った。

「デパールトッ（出発《しゅっぱつ》）！」

フランス語だった。間髪《かんはつ》を容《い》れず、出陣の大太鼓《おおだいこ》が打ち鳴らされた。ドン・ドン・ドン・ド・ド・ド・ドドド……連打される太鼓は、だんだん早くなって最後は連続音となった。貞吉《さだきち》は背中の皮膚が収縮《しゅうしゅく》するのを感じた。身体中の血が泡立って武者震《むしゃぶる》いが起きた。

「アン（一）、ドウ（二）、トロア（三）、ヤアトル（四）！」

「アン、ドウ、トロア、ヤアトル！」

一番隊小隊頭・中村帯刀《なかむらたてわき》と柴佐太郎《しばさたろう》が、フランス語で交互に号令を掛《か》ける。白虎隊編成後、少年達は幕臣《ばくしん》の沼間慎次郎《ぬまましんじろう》からフランス陸軍式の軍事調練《ぐんじちょうれん》を受けていた。ザッザッザッザッ……足音だけを響かせて、士中一番隊の三七名が二列縦隊《にれつじゅうたい》で小田垣口《おだがきぐち》へと向かう。

「デパールトッ！」

士中二番隊中隊頭・日向内記《ひなたないき》の鋭い掛け声が三の丸に響いた。貞吉の頭の中で爆竹《ばくちく》のようなものが弾《はじ》けて、頭が真っ白になった。隣にいる虎之助《とらのすけ》がしきりに生唾《なまつば》を飲み込んでいる。すぐ前の武治《たけじ》の膝《ひざ》も心なしか震えている。武者震いかもしれない。だが、それを見たら気分が落ち着いた。二番隊三七名が一斉に動き出した。

「アン、ドウ、トロア、ヤアトル！」

やや甲高《かんだか》い掛け声は、小隊頭・山内蔵人《やまうちくらうど》だ。アン、ドウ、トロア、ヤアトル――アン、ドウ、トロア、ヤアトル――左、右、左、右――その拍子《ひょうし》は身体がすっかり覚えてしまった……

「ヴィートッ（早く）！」

小隊頭・水野勇之進《みずのゆうのしん》の号令に少年達が反応し、二番隊は一番隊との差を詰めた。一番隊と二番隊は一隊となって小田垣口を出た。白虎隊を従えた喜徳公は、金条の入ったズボンを穿《は》き、金モルトの肩章《けんしょう》と金の飾り紐付きの黒いマントル（詰襟《つめえり》）を着ていた。小柄だが、将軍用の黒の軍服を纏《まと》って白馬に跨《また》った姿は堂々としていた。

士中白虎隊の少年達は、筒袖《つつそで》を着て義経袴《よしつねばかま》に脚絆《きゃはん》をつけた者や、上衣《じょうい》は黒の洋服で、下は裁着袴《たっつけ》という者など服装はまちまちだった。調練用に作った黒い詰襟を着た者でも、段袋（ズボン）は穿き慣れておらず、袴を穿く者が多かった。袈裟《けさ》懸《が》けにした白木綿《しろもめん》と、白帯《しろおび》、白鉢巻《しろはちまき》を全員が身に着けていたが、その純白は無垢《むく》の精神を象徴しているようで、黒の軍装によく似合っていた。

太刀は腰に差すには隊士の背丈《せたけ》が足りず、ほとんどの者が背中に背負《しょ》った。ヤーゲル銃は全員が肩に担《かつ》いだ。

若松城を出ると、すぐに大身《たいしん》の武家屋敷《やしき》が連《つら》なっていて、最初に神保家《じんぼけ》が眼に入った。一二〇〇石《ごく》取りの会津藩家老《かろう》・神保内蔵助《くらのすけ》の屋敷は大きかった。

内蔵助の長子《ちょうし》・神保修理《しゅり》は鳥羽《とば》・伏見《ふしみ》の敗戦の責任の一端《いったん》を担い、従容《しょうよう》として切腹した。慶応四年二月二十二日（新暦三月十五日）、修理、三〇歳の春であった。

辞世《じせい》の歌――帰《かえ》りこん時ぞ母《はは》の待ちしころ
　　はかなきたより聞《き》くへかりけり――

修理は日新館時代から秀才の誉れ高く、素読所勤《そどくじょきん》・講釈所勤《こうしゃくじょきん》のみならず、学校奉行《ぶぎょう》からも、修理に倣《なら》い……修理のごとく……修理を鑑《かがみ》として……と常に言い聞かされてきた。それ程《ほど》優秀だった修理の家の前を通る時には、日新館出身者の誰もが口元を引き締め、真っ直ぐ前を見つめて日新館の偉大な先輩である修理に誓った。自分達も後に続くと。決して逃げるような卑《ひ》怯《きょう》な真似《まね》はしないと……

宝積通《ほうしゃくどお》りの両側《りょうがわ》には武家も町屋も関係なく、大勢の人達が見送りに出ていた。貞吉の見知った顔も少なからずあり、貞吉は知り合いを認《みと》める度にわずかに顎《あご》を引いて目配《めくば》せをした。見送る人々の顔には眩《まぶ》しいものでも見るように期待の色が浮かび、見送られる隊士の表情も晴れやかだった。

夏の青空は高く、真っ白な入道雲は雄大だった。城下を抜けると峠道《とうげみち》になった。山裾《やますそ》にへばりつくような粗末《そまつ》な小屋は、どれも百姓の家だ。藁屋根《わらやね》に茅《かや》囲い、入口には荒筵《あらむしろ》が下がっている。戦争になれば、牛馬のように働いて耕《たがや》した田畑が、丹精《たんせい》込めて育てている米や麦や粟《あわ》や野菜が、大砲《おおづつ》の車輪や軍馬に踏み荒らされる。住まいに火を掛けられ、恐怖に怯えながら、命からがら逃げることもしばしばだ。爪に火を灯すようにして蓄《たくわ》えたわずかばかりの家財であるのに……そんな無惨な目に合わせてはならない。会津に生まれた者が嘆《なげ》き悲しむような世の中であってはならない……貞吉は自分自身に言い聞かせた。

いつの間にか峠も中腹を過ぎた。中隊頭から号令が掛かり、行軍は小休止となった。貞吉は武治と一緒に道端《みちばた》に腰を下ろした。滝沢《たきざわ》峠からは城下がよく見えた。これが会津なのだ。この夏の日差しに輝く田が、町並みが。松に囲まれた野面積《のづらづ》みの石垣《いしがき》の上に白亜の天守閣《てんしゅかく》は建っていた。お城は天空に舞《ま》い上がろうとする鶴に似ていた。お城の西にあるのが日新館だ。広い日新館がとても小さく見える。

「こっからだと日新館もちんちぇえもんだなし」

竹筒《たけづつ》の水を飲んでいる武治に語り掛けた。

「ずねぐなぐたってていい。大事なのは中身だ。中身が優《まさ》っていれば、大小は問題でねえ」

そう言う武治が大人びて見えた。

「ドウブーッ（立て）！」

前方で声がして、皆立ち上がった。

「アン、ドウ、トロア、ヤアトル……アン、ドウ、トロア、ヤアトル……」

全員が一斉に足踏みを始めた。最前列の、馬上で身体一つ高くなった喜徳公の背中が、ピンと伸びているのが見えた。

「デパールトッ（出発）！」

前方から徐々に移動していく。高揚《こうよう》していた気分が収まって、隊に落ち着きが戻ってきた。

半刻程《はんこくほど》歩き続けた。峠を上り詰めると、強清水《こわしみず》に着いた。

「アレーテッ（止まれ）！」

隊列が停止した。団子茶屋の店先だった。店の入口の土間に四尺（一・二メートル）四方の大きな井戸がある。

「ここで水を貰《もら》う。飲み終えだら、全員竹筒さ水を補給《ほちゅう》すろッ」

一番隊中隊頭・春日和泉の言葉と同時に、釣瓶《つるべ》が落とされた。すぐに引き上げられた桶《おけ》に、四本の柄杓《ひしゃく》が突っ込まれる。最初に水を汲んだ柄杓は、簀子縁《すのこえん》に腰掛けた喜徳公に差し出された。

一番隊が全員竹筒に水を入れ終えて、二番隊の番になった。日新館で成績抜群の篠田儀三郎《しのだぎさぶろう》と、大柄で一旨流槍術《いっしりゅうそうじゅつ》の期待の星である野村駒四郎《のむらこましろう》が、交互に水を汲み上げた。柄杓が次々に桶に入れられ、冷たい湧き水が隊士の喉《のど》を潤《うるお》し、竹筒に入れられた。最後に駒四郎が釣瓶で自分の分を汲もうと、屈《かが》んだ時だった。駒四郎の首に掛けられていた真新しい手拭《てぬぐ》いが、ムササビのようにスーッと井戸の中へ落ちていった。

「アアーッ！」

素《す》っ頓狂《とんきょう》な駒四郎の声に、二番隊の者が全員井戸の周《まわ》りに集まった。暗い井戸の底に仄《ほの》かに晒《さら》し木綿の白が見えている。駒四郎が静かに釣瓶を落とした。手拭いを引っ掛けてそろそろと引き上げる。手拭いは桶の縁に辛《かろ》うじて引っ掛かっていた。桶が上がって来た。駒四郎が左手で桶の縄を握《にぎ》り、右手を伸ばす。届いた、と思った瞬間、手拭いは駒四郎の手の一寸先《すんさき》を逃げるように落下していった。井戸の底でビシャッという音がした。

「アーア……」

間の抜けた駒四郎の声に笑いが起きた。

「野村、桶《おげ》だど槍みでには上手ぐいがねが？」

二番隊半隊頭・原田克吉《はらだかつきち》の声に、二番隊は再び湧き返った。駒四郎の槍は、締方《しまりかた》より優り、師範とも五分《ごぶ》に渡り合えるという評判だった。

「オラさ貸してみんつぇ」

そう言うが早いか、桶を奪い取ったのはよく肥《こ》えた石田和助《いしだわすけ》だった。和助の父・石田龍玄《りゅうげん》は百姓の出であったが、努力して七人扶持《ぶち》の側医格《そばいかく》（士分）の医師になっていた。その常に前向きに努力する姿勢を見て、和助は育った。和助は井戸の縁から落ちんばかりに身を乗り出すと、無造作《むぞうさ》に桶を落とした。パコーンッという音が響くと同時に、和助の両手が素早く釣瓶の縄を手繰《たぐ》り寄せた。上がって来た桶の中で、真白な手拭いが揺《ゆ》らめいていた。鮮《あざ》やかな手捌《てさば》きだった。

「でかすたぞ、石田《いすだ》。其方《そのほう》さ石田流桶術《おけじゅつ》の切紙下免許《きりがみすためんきょ》を授《さず》げる」

原田克吉の戯言《ざれごと》に、爆笑が起きた。駒四郎が和助に礼を述べ、手拭いを固く絞《しぼ》って首に巻いた時だった。

「デパールトッ（出発）！」

表で号令が掛かり、一番隊が動き出した。二番隊もすぐに表に出て、二列縦隊を組む。愉快な出来事の後で、二番隊はどの隊士の顔も明るかった。晴れ晴れとした表情と軽い足取りは、出陣というよりも、日新館の行事の一つ、遠歩《とおある》きのようであった。


猪苗代湖を取り囲む山々に日が沈む頃、喜徳公と白虎士中隊は、その日の目的地である原村《はらむら》に着いた。白河にさらに近い湖南《こなん》の要衝《ようしょう》・福良村まではあと二里（八キロ）余り。原村の集落に入ると、先行していた伝令によって、分宿する民家が手配されていた。

中隊頭から貞吉達二番隊の半数一八名に、宿営《しゅくえい》として割り当てられたのは由緒《ゆいしょ》ある寺だった。境内《けいだい》のあちこちで篝火《かがりび》が焚かれ、少年達の顔が赤く照らし出された。大きな弦鍋《つるなべ》で玄米が炊かれ、湯が沸《わ》かされ、煙と湯気が立ち昇った。湯鍋《ゆなべ》に味噌が溶かれ、汁の実に青菜《あおな》が入れられた。一人一個の漬茄子《つけなす》が配られた。大勢で賑《にぎ》やかに喰《く》う飯はうまかった。口いっぱいに玄米を頰張《ほおば》り、少年達は顔を綻《ほころ》ばせた。

満月に近い十六夜《いざよい》の月。子《ね》・卯《う》・午《うま》・酉《とり》の四方に二名ずつの不寝番《ふしんばん》を立て、他の隊士は本堂で床に就《つ》いた。不寝番は、中隊頭が持つセコンド（懐中《かいちゅう》時計）により、二刻《こく》（四時間）で交《こう》代《たい》する。

貞吉は最初の不寝番から外《はず》れた。右隣には武治、左隣には講釈所で一緒の林八十治《はやしやそじ》が寝ている。八十治は背が低く、ぽっちゃりとしていた。丸顔にいつも人懐こそうな笑顔を浮かべ、誰をも和《なご》ませた。

「白河口《すらかわぐず》は苦戦すでるみでだ……」

八十治がつぶやいた。八十治らしからぬ神妙《しんみょう》な口調だった。

「大丈夫《でえじょぶ》だべ。白河口の総督《そうとぐ》は西郷頼母様《さいごうたのもさま》だ」

反対側から武治が応じた。西郷頼母の家は、代々筆頭《ひっとう》家老職にあった。頼母は家老として容保公《かたもり》に幾度《いくど》も、朝幕《ちょうばく》の間に立って難局《なんきょく》を打開することの困難を説いた。会津藩のために京都《きょうと》守護職《しゅごしょく》の辞任を諫言《かんげん》したが、容《い》れられないでいた。容保公は困難であるからといって、京都守護職を退《しりぞ》くことを潔《いさぎよ》しとしなかった。頼母は容保公の決意を知ると、それ以上は反対しなかった。頼母は自分にも他人にも厳しく、信念を貫き通す性分《しょうぶん》だった。

「そうが……頼母様が大将が。頼母様は貞吉の叔父上《おんつぁま》だよな?」

「んだ……叔父上は」

貞吉が八十治の問いに答えようとした時だった。

「こらァ、いつまでもしゃべくってんでねえッ！　早ぐ寝ろッ！」

本堂の入口で、小隊頭・山内蔵人の怒鳴り声が響いた。

「分がったのがッ！」

「ハイッ！」

「ハイッ！」

貞吉も武治も慌《あわ》てて返事をした。

プウ——間の抜けた音は、左隣の八十治の布団の中からだった。幸い小隊頭の所までは届かなかったらしい。右隣の武治は、頭の先まで布団を被《かぶ》って必死に笑いを堪《こら》えている。小刻《こきざ》みに打ち震える布団の動きでそれが分かった。

貞吉も懸命《けんめい》だった。笑ってはいけないと思えば思う程、おかしさが込み上げてきた。八十治も布団で顔を隠している、貞吉は必死に耐えた。こんなに苦しかったのは、湯川《ゆがわ》で溺《おぼ》れて以来だ。笑いを押し殺すのがこんなに大変だとは……腹が波打っていた。周囲に気付かれないようにするのがやっとだった。武治も同じらしい……

八　土方歳三

翌日、巳《み》の刻《こく》早く（午前九時）には猪苗代湖《いなわしろこ》のほとり、福良村《ふくらむら》に着いた。平坦な福良村では、幅五間《けん》（九メートル）、長さ一〇間（一八メートル）の田が所狭しと並び、緑の稲が風にそよいでいた。その様《さま》は天鏡湖《てんきょうこ》（猪苗代湖）のさざ波にも似て、優美だった。

百姓家の周囲は、どの家も例外なく畑となっており、畑仕事にいそしむ村人の姿が見られた。畑では、胡瓜《きゅうり》・茄子《なす》・青菜《あおな》・茎立《くきたち》・葱《ねぎ》・浅葱《あさぎ》・蕪《かぶ》などが競うように植えられていた。

福良村の庄屋の家が本陣《ほんじん》に指定され、喜徳公《のぶのり》と警固《けいご》の者達が入っていった。二番隊《にばんたい》は三班に分けられ、貞吉《さだきち》達一二名は半隊頭《はんたいがしら》・原田《はらだ》克吉《かつきち》と宿営《しゅくえい》に指定された寺子屋へと向かった。

寺子屋で草鞋《わらじ》を脱ぎ、草鞋掛《か》けに掛ける。草鞋掛けが低かった。二〇畳程《ほど》の座敷《ざしき》に、二〇数台の読誦台《どくしょうだい》が四列に並んでいる。その小さな読誦台の前に腰を下ろすと、日新館《にっしんかん》に入学した当時のことが思い出された。

日新館で最初に教授されたのは『日新館童子訓《どうじくん》』だった。朱熹《しゅき》の『小学《しょうがく》』からの引用が多く、仮名交じりで分かり易《やす》くしてあった。序……古《いにしえ》は小学、人を教うるに灑掃《さいそう》・応対・進退の節、親を愛し、長を敬《うやま》い、師を隆《たっと》び、友に親しむの道を以てす……

自分の人格を形成したのは、正に『日新館童子訓』だった。いまでも、その文句の多くがすらすらと口をついて出る……その前提《ぜんてい》となる入学以前に覚えた「什《じゅう》の掟《おきて》」は、なお強く心に残っている。年長者《としうえのひと》の言うことに背《そむ》いてはなりませぬッ！　年長者には、お辞儀《じぎ》をしなければなりませぬッ！　虚言《うそ》をついてはなりませぬッ！　卑怯《ひきょう》な振る舞《ま》いをしてはなりませぬッ！　長じて、その文言《もんごん》は「戦陣に勇無きは孝に非《あら》ず」と変化したが、本質は何ら変わっていない。什の掟は色褪《あ》せることのない真実なのだ。会津藩上士《あいづはんじょうし》は幼き頃よりその一生を通じて、最も深き感化を什の掟から受ける。士中白虎隊士《しちゅうびゃっこたいし》はその学びの真《ま》っ只中《ただなか》にあった。戦場《いくさば》にあっては家名を汚さぬよう、烈火《れっか》のごとき士魂《しこん》を発揮せねばならない。忠君、高潔の精神を片時《かたとき》も忘れてはならない。その決意は、貞吉の胸に波紋《はもん》のように拡がっていた。

貞吉だけでなく、寺子屋で休息する隊士達の間に、もはや浮かれた気分は漂《ただよ》っていなかった。

喜徳公がいる本陣には白河《しらかわ》の戦場から使番《つかいばん》によって逐一戦況《ちくいちせんきょう》がもたらされ、ひっきりなしに人が出入りしていた。使番は報告を終えると、簡単な食事を取って一休みし、今度は若松城《わかまつじょう》へと馬を走らせた。

戸板に乗せて運ばれて来た重傷兵や、仲間の肩を借りて退却《たいきゃく》して来た負傷兵に手当てが施され、喜徳公から労《ねぎら》いの言葉が掛けられた。白虎隊士も喜徳公の護衛《ごえい》、福良の関所の監視《かんし》、戦傷兵の搬送、厠《かわや》への介助、排泄《はいせつ》物の処理、使番の食事の用意や馬の世話などで、慌《あわ》ただしい時を過ごした。

白河から引き上げて来る負傷兵は、誰もが勢至堂峠《せいしどうとうげ》を越えて来ていた。自力で歩ける者は、食事と一時《いっとき》の休憩《きゅうけい》を取ると、直ぐに若松に向かって退却していった。

五月二十九日（新暦七月十八日）の朝、貞吉が宿営となっている寺の監視についていた時のことだった。

よく晴れた日だったが、福良は猪苗代湖に近いせいか、吹き渡ってくる朝風が涼しく、盆地である若松よりしのぎやすかった。街道《かいどう》に面した南門《みなみもん》で、貞吉はヤーゲル銃を手に周囲を見張っていた。

ヤーゲル銃は旧式の銃だったが、手入れは行き届いていた。先込め式で、火縄ではなく雷管《らいかん》で発射できた。南門の片側には、一歳年上の安達藤三郎《あだちとうさぶろう》が、やはりヤーゲル銃を肩に掛けて立っている。その藤三郎の頭上に、一筋《すじ》の土埃《つちぼこり》が昇った。

土埃は、手前に移動して来た。貞吉は反射的に手を動かすと、胴乱《どうらん》から早合《はやごう》を取り出した。ヤーゲル銃を垂直《すいちょく》に立てて、銃口から早合の火薬と円弾《えんだん》を入れた。手が震《ふる》えて火薬が零《こぼ》れた。貞吉は必死になって、砲術《ほうじゅつ》の稽古《けいこ》を思い起こした。火薬と円弾を入れ終わると、槊杖《かるか》で突き固めた。撃鉄《げきてつ》を上げ、火門《かもん》に雷管を被《かぶ》せる。左手で銃身を支え、銃床《じゅうしょう》を右肩に付けた。照門《しょうもん》を土埃に合わせる。片目を瞑《つぶ》ると心が落ち着いた。手の震えも止まっている。

パカッパカッパカッ！　蹄《ひづめ》の音が響いて多量の土埃が舞った。疾駆《しっく》する青毛《あおげ》の黒い色が、視界に入って来た。馬体はすぐに大きくなって、躍動《やくどう》する筋肉の動きまで伝わってきた。

「止まれッ！　止まれッ！　止まれッ！」

貞吉は夢中で街道の真ん中に飛び出すと、行く手を遮《さえぎ》るようにヤーゲル銃を構えた。タタタタ……藤三郎も大慌てで、貞吉の隣に駆け寄って来た。銃を構えて道を塞《ふさ》ぐ。

パカッパカッパカッ……猛《たけ》る軍馬が襲歩《しゅうほ》の速度で突っ込んで来た。フーッフーッ！　見る見る大きくなった馬の眼は充血し、荒々しい鼻息も伝わってきた。貞吉は片膝立《かたひざだ》ちの射撃の基本姿勢を崩《くず》さなかった。真っ黒な馬体が眼前に迫った。前方の引き金を前に押してから、手前の引き金に人差し指を掛けて呼吸を整《ととの》えた。軽く口を開ける。軍服の武士の頭上一間《いっけん》に狙《ねら》いを定めて、引き金を引いた。

ダーン！　反動がきた。銃口を上に向けて衝撃《しょうげき》を和《やわ》らげる。咄嗟《とっさ》の動作だった。

ダーン！　さらに銃声が響いた。藤三郎の発射した弾丸は、ピシッと軍馬の前の小石を跳ねた。着弾した位置に土埃が舞っている。

武士の顔に驚愕《きょうがく》の色が浮かび、手綱《たづな》が引き締められた。ヒヒーンッ！　後肢立《あとあしだ》ちになった青毛が、その場で曲馬のように回転を始めた。頭の位置が高い。武士は引き締めた手綱を巧《たく》みに操《あやつ》り、暴れる青毛を御《ぎょ》していた。

ブルッブルッ！　カッカッカッ！

青毛を制した武士は、歩行姿勢に戻すと、徐々に静止させた。見事な手綱捌《さば》きだった。貞吉は……次の射撃の準備に入っていた。胴乱から早合を取り出すと、白煙が残る銃口から火薬と円弾を込め、槊杖で突き固めた。藤三郎も急いで火薬と弾を詰め始める。

「名を名乗《なの》ってくんつぇ。でねえど撃ぢます！」

貞吉は火門に雷管を被せると、照門を武士の胸に定めた。

武士が貞吉を凝視《ぎょうし》した。鋭い眼光。詰襟《つめえり》の黒い軍服に黒ズボン。散切《ざんぎ》りの髪型。引き締まった体躯《たいく》と日に焼けた肌。戦場《いくさば》を駆ける者特有の緊張感が漂っていた。貞吉に武者震《むしゃぶる》いが起きた。冷徹《れいてつ》だった武士の眼から、ふっと鋭い光が消えて、笑みが浮かんだ。

「私は新撰組副長《しんせんぐみふくちょう》、土方歳三《ひじかたとしぞう》だ。其方方《そなたがた》は？」

「エ？」

貞吉は一瞬自分の耳を疑った。

「……土方《ひずかた》さんだッ！　新撰組《すんせんぐみ》の土方さんだ！」

藤三郎が熱病に冒《おか》されたように叫んだ。

土方歳三……あの有名な新撰組の副長で会津応援新撰組の組長。紛《まぎ》れもない英雄であり、白虎隊士の誰もが憬《あこが》れる目映《まばゆ》い存在……貞吉は言葉を失った。噂《うわさ》には聞いていた。土方は、四月に板橋《いたばし》で処刑された近藤勇《こんどういさみ》の墓を会津に建てようとしていた。既《すで》に会津藩から墓を天寧寺境内《てんねいじけいだい》に建てる許《ゆる》しを得ているとも。よもやその土方が眼前に現れようとは。眼が眩《くら》んだ。

「……其《そ》の方《ほう》は？」

土方の声は低く落ち着いていた。

「……あ、会津藩白虎隊《びゃっこだい》、し、士中二番隊《しぢうにばんだい》、い、飯沼貞吉《いいぬまさだきつ》ど申すます」

「お、お、同ずく、安達藤三郎です」
上がってしまった二人は、上擦《うわず》った声でやっと名前を述べた。
「白虎隊か……いい名だ。白虎隊の飯沼と安達……その役目は？」
「わ、若殿《わかどの》の、松平喜徳公の護衛です……」
貞吉はようやく落ち着きを取り戻した。土方が、舟揺《ふなゆ》すりを始めた青毛を、無造作《むぞうさ》に御して
いることも分かってきた。
「お役目、ご苦労《くろう》。先程《さきほど》の処置《しょち》、少年ながら天晴《あっぱ》れだった。しかし、白河口《しらかわぐち》会津本陣へ急《きゅう》
用故《ようゆえ》、これにて御免《ごめん》」
言い終わると同時に、土方は青毛に強く鞭《むち》を当てて走り出した。軍馬は土方に煽《あお》られて、速《そく》
歩《ほ》となり、襲歩となって、風のように去っていった。
「……あの人《ひと》が土方さんが……」
「……新撰組だ……」
貞吉も藤三郎も夢を見ているようだった。貞吉達にとって新撰組は伝説であり、雲の上の存
在だった。新撰組は、会津藩の応援に一〇〇余名が参加していた。

九　会津藩兵・白虎隊

「至急帰城《きじょう》せられたし」という報《しら》せが、早馬《はやうま》によって喜徳《のぶのり》公の元《もと》に届けられたのは、慶応《けいおう》四年（一八六八）六月六日（新暦七月二十五日）の夕刻だった。白河口《しらかわぐち》とは反対に位置する越後《えちご》口《ぐち》の戦況《せんきょう》が、俄《にわか》に切迫して来ていた。薩摩・長州藩《はん》を主力とする新政府軍《しんせいふぐん》は、堅守《けんしゅ》の勢至堂《せいしどう》峠《とうげ》を避《さ》け、東方《とうほう》の三春城《みはるじょう》や北方《ほっぽう》の二本松《にほんまつ》城、さらには西方の越後口からの会津侵攻《あいづしんこう》を目指していた。

六月七日の早朝に出発《しゅっぱつ》した喜徳公と士中白虎隊《しちゅうびゃっこたい》は、猪苗代湖《いなわしろこ》東岸を北上した。天鏡湖《てんきょうこ》と称される猪苗代湖は、波も穏《おだ》やかで、視界を遮《さえぎ》るものは何もなかった。微細《びさい》な波光《はこう》が煌《きら》めく果てに、大磐梯《だいばんだい》、小磐梯《しょうばんだい》、赤埴《あかはに》の峰が競うようにその頂《いただき》を屹立《きつりつ》させている。八〇〇丈《じょう》（二四〇〇メートル）もの大磐梯を主峰とする山々は、山頂を雲の上に突き出していた。

雲上に突き出た頂に立ってみたいと、貞吉《さだきち》は思った。あの頂からは、何が見えるのだろうか。

世の中はどう映っているのだろう。神保修理《じんぼしゅり》はあの雲上遙《はる》か、天に昇ってしまったが、あの頂に立てば修理の声が聞こえるのではないか……そんな夢のようなことを考えていると、空想が現実になりそうな錯覚《さっかく》を起こした。白い峯雲《みねぐも》を背負《しょ》った磐梯山群《さんぐん》は、貞吉を圧倒した。人間の、自分の存在など何という小ささであることか。自分の命などこの天然自然《てんねんしぜん》に比べれば、取るに足らぬものだ。ちっぽけな命で悠久《ゆうきゅう》の大儀《たいぎ》に殉《じゅん》ずることができるのであれば、何を惜しむことがあろうか。

貞吉は自分の生き方を見付けたような気がした。戦《いくさ》になったら粉骨砕身《ふんこつさいしん》戦《たたか》った後、潔《いさぎよ》く死ぬことこそ、正しい生き方のように思えた。

穂が揃《そろ》い始めた薄《すすき》の原を横切り、猪苗代の城下を抜けて、磐梯山麓《ろく》の土津神社《はにつじんじゃ》に到着したのは、戌《いぬ》の刻《こく》（午後七時）に近い時刻だった。

土津神社は会津松平家《まつだいらけ》の藩祖《はんそ》・保科正之《ほしなまさゆき》を祭《まつ》っていた。土津というのは正之の神号《しんごう》である。正之はその生涯《しょうがい》のほとんどを江戸で送ったが、寛文《かんぶん》十二年（一六七二）八月、会津に下向《げこう》した。猪苗代に着いた正之は、屹立する磐梯山群を仰ぎ見て、その気高《けだか》さに圧倒された。その場で自分の墓は磐梯山の南麓《なんろく》とし、身は此処《ここ》に納まるべしと家臣に命《めい》じた。その時正之の詠《よ》んだ歌。

「万世《ばんせい》といはひ来にけり会津山《あいづやま》
　高天原《たかまがはら》にすみか求めて」

鈴を振るような虫の音《ね》が、草深い大地から湧《わ》き起こっていた。

土津神社前の神官や庄屋の家が宿舎として提供され、先行した伝令によって、地元民による炊き出しが始まっていた。

一一里（四三キロ）の強行軍を終えた士中白虎隊士は、誰もが疲れ果て、口数も少なかった。貞吉も草鞋《わらじ》を脱いで脚絆《きゃはん》を取ると、用意された膳《ぜん》に向かった。朱塗《しゅぬ》りの高足膳《たかあし》には、素焼きの碗に盛り切りの玄米、塩漬けの茸《きのこ》、蕪《かぶ》が入った汁椀《しるわん》が載《の》っていた。隊士は、黙々と遅い夕餉《ゆうげ》を口に運んだ。三年味噌を溶いた味噌汁を啜《すす》る音以外、私語はおろか咳《せき》一つ聞こえなかった。夕餉を済ませた隊士は、歩哨《ほしょう》に立つ者を除いて、泥のように眠った。

翌六月八日（新暦七月二十七日）、士中白虎隊は十一日振りに若松に戻った。戦闘はなかったが、長期の出征《しゅっせい》で誰もが疲弊《ひへい》していた。若松城三の丸で解散を待つ貞吉達に、嚮導《きょうどう》の篠田儀三郎《さぶろう》が近付いて来た。

「寄合隊《よりあいだい》が近々越後口《つかづかえつごぐつ》さ出陣《すつじん》するみでだぞ」

「寄合だけ？」

「オラ達《だつ》は？」

儀三郎の言葉に、貞吉と武治《たけじ》は色めき立った。

慶応四年三月十日（四月二日）に誕生した白虎隊は、士中一番隊《いちばんたい》（三七名）、士中二番隊《にばんたい》（三七名）、寄合一番隊（九八名）、寄合二番隊（六二名）、足軽隊《あしがる》（七一名）に編成された。士中・寄合・足軽の別は、武家の格式によるものだった。家格《かかく》は上士《じょうし》・中士《ちゅうし》・下士《かし》の三階級に分けられ、さらに羽織《はおり》の紐の色で十二等級に区別された。藩校・日新館《にっしんかん》に入学を許《ゆる》されるのは上士の子弟で、中士・下士の子弟は、北学館《きたがっかん》、南学館で学問を学び、各師範《しはん》の稽古場《けいこば》で武芸に励《はげ》んだ。

疲れてはいたが、士中二番隊は旺盛《おうせい》な闘争心《とうそうしん》を保《たも》っていた。会津藩の中で一六・七歳の少年隊である白虎隊は、戦闘部隊ではなく、将来のための訓練部隊と位置付けられた。だが、純真《じゅんしん》無垢《むく》な、ましてや幼時より気高い精神教育を受けてきた白虎隊士が、眼前で始まろうとしている戦を傍観《ぼうかん》できるはずはなかった。

七月二十八日（新暦九月十四日）、嚮導・篠田儀三郎と安達藤三郎《あだちとうさぶろう》は、軍事奉行《ぐんじぶぎょう》である萱野《かやの》権兵衛《ごんのひょうえ》のもとへ向かった。儀三郎の懐《ふところ》には、井深茂太郎《いぶかもたろう》の書いた嘆願書《たんがんしょ》が入っている。茂太郎は六年から八年はかかる日新館素読所《そどくじょ》四段階の教育課程を三年で終え、一三歳で講釈所《こうしゃくじょ》に入学を許可された英才であった。

野村駒四郎《のむらこましろう》を中心に、士中二番隊士が若松城三の丸の藤棚《ふじだな》の下に集まり、儀三郎と藤三郎の帰りを待っていた。駒四郎は地面に石を置き、若松を囲む諸藩の戦況を解説していた。

「三春藩《みはる》が降伏《こうふく》すて二本松藩《にほんまつ》も危《あぶ》ねみでだ。東部の戦《いぐさ》は思わすぐねえ」

「……あど、越後口《えつごぐつ》も激戦《げちせん》続ちで新発田藩《すばたはん》が敵さ傾《てじ》いだみでだ」

そう補足したのは伊東悌次郎《いとうていじろう》だった。悌次郎の家は代々漢学の素養が深く、父・左太夫祐順《さだゆうよりすけ》は、藩内の子弟に漢文を教えていた。

「帰って来だッ！」

大声で叫びながら、石山虎之助《いしやまとらのすけ》が三の丸の石垣《いしがき》の上を走って、中庭の藤棚の下へ知らせに来た。虎之助は五尺（一・五メートル）の石垣からどすんと身を躍《おど》らせて、駒四郎の前に立った。

「儀三郎《じさぶろう》さん達《だつ》が帰ってこらった！」

全員が三の丸入口の小田垣口《おだがきぐち》を見た。二人の少年が城内三の丸に走り込んで来た。一人は右手を高々と掲《かか》げている。その手には書状があった。思わず駒四郎達も走り出していた。

息せき切って駆けて来た儀三郎は、駒四郎に書状を渡した。駒四郎がくしゃくしゃになった書状を開く。井深茂太郎や石田和助《いしだわすけ》、簗瀬勝三郎《やなせしょうさぶろう》が一斉に書状を覗き込む。貞吉も慌《あわ》てて輪の中に加わって書状を覗き込んだ。肌理細《きめこま》やかな上質の和紙に、墨痕鮮《ぼっこんあざ》やかな男文字が躍っていた。

「　告

白虎隊ニ於《おい》テハ
本日ヨリ其ノ監督権限ヲ
学校奉行ヨリ軍事奉行ヘ移行ス可《べ》シ
慶応四年七月二八日
軍事奉行　萱野権兵衛」

書状を覗き込んでいた全員の顔が輝いた。これで白虎隊は会津藩の正規兵《せいきへい》となった。これまでは学校奉行監督下の生徒だったが、たったいま、軍事奉行配下の会津藩兵となったのだ。貞吉は血が湧き立つのを感じた。他の者も皆一様に書状に視線を送ったまま身じろぎもしない。

「やっだ！　やっだぞーッ！」

駒四郎が両手の拳《こぶし》を天に突き上げた。右手に握《にぎ》り締められた書状が、風に煽《あお》られて唐人凧《とうじんだこ》のように震《ふる》えている。ワーッ！　地鳴りのようなどよめきが起きた。会津藩兵・白虎隊士の雄叫《おたけ》びだった。士中白虎二番隊の誰もが待ち望んだ一瞬だった。

白虎隊が会津藩戦闘部隊の末端《まったん》に名を連ねたことは、若松城下に野火のごとく広がっていった。白虎隊士やその家族に会うと、武家はもちろん、商家や町人まで誰もが祝いの言葉を口にした。それは隊士にとって、照れくさくも誇らしい祝辞《しゅくじ》だったが、同時に戦死の可能性が高まったことも意味していた。逼迫《ひっぱく》していた戦局は、坂道を転げ落ちるように悪化する一方だった。

七月二十九日（新暦九月十五日）、激戦《げきせん》を繰り広げていた二本松城がついに落ちた。白虎隊士よりも幼い二本松少年隊の隊士達が、二本松の露《つゆ》と消えた。二本松藩は主力部隊を須賀川方面に出陣《しゅつじん》させており、城に残っていたのは老兵と農兵、民兵、そして少年兵だった。一二歳から一七歳の二本松少年隊六三名と守備《しゅび》隊六〇〇余名は、次々に降伏する東北諸藩を尻目《しりめ》に、板垣退助率《いたがきたいすけひき》いる新政府軍に対して徹底抗戦を続けた。だが、南大檀口《みなみおおだんぐち》の防衛に当たっていた少年隊は、火力・兵力共に圧倒的な新政府軍の猛攻《もうこう》を防ぎ切れなかった。隊長と副隊長を失い、後退する少年隊目掛《が》けて、無数の弾丸が撃ち込まれた。射程《しゃてい》が長く、命中精度の高いエンフィールド銃の威力は絶大《ぜつだい》で、隊士が次々に斃《たお》された。戦死者一八名を出して少年隊は壊滅《かいめつ》し、二本松城は紅蓮《ぐれん》の炎に包まれた。

二本松落城の報《しら》せは、早馬によってその夜に若松城にもたらされた。悲報は瞬《またた》く間に城下に広まり、士中白虎隊士の耳にも入った。

新政府軍との戦いが迫っていた。悲観的な戦だったが、会津藩では誰もが家名を汚すことなく、藩に殉ずる覚悟《かくご》を決めていた。

――大君《たいくん》の義《ぎ》　一心大切《いっしんたいせつ》に忠勤《ちゅうきん》を存《そん》ずべく　列国《れっこく》の例《れい》を以《も》って　自《みずか》ら処《お》るべからず――

会津藩の始祖《しそ》・保科正之《ほしなまさゆき》が制定した二〇〇年も前の会津藩「家訓《かきん》一五カ条」の第一条である。家訓一五カ条は第一条が「総《すべ》て」で、他の一四条はそれを実践《じっせん》するための具体策といわれていた。

大君に絶対忠義《ぜったいちゅうぎ》を尽くし、他藩《たはん》の真似《まね》をするなという戒《いまし》めは、二〇〇年経ったいまでも、白虎隊士の身体の中に血のように流れていた。会津という都から遠く隔《へだ》たった雪深い地である故、藩祖の教えは他藩の影響を受けることなく、純粋に受け継《つ》がれた。それは地層《ちそう》深くを脈々と流れ、長い年月を経て、突如《とつじょ》遠く隔たった地表に噴出《ふんしゅつ》する伏流水《ふくりゅうすい》にも似ていた。

十　別　れ

二本松城《にほんまつじょう》の落城と同時に、一度は取り返した長岡城《ながおかじょう》が再び陥落《かんらく》した。勢いに乗る新政府軍《しんせいふぐん》は会津藩《あいづはん》の西隣・新発田藩《しばたはん》を降伏《こうふく》させ、新潟港《にいがたこう》を制圧した。新潟港は会津・米沢《よねざわ》・庄内《しょうない》・長岡の四藩をはじめ、奥羽列藩同盟側に大筒《おおづつ》や洋式銃を揚陸《ようりく》する港でもあった。会津をはじめ幕府軍は新潟港からの武器補給《ぶきほきゅう》を絶《た》たれてしまった。

慶応《けいおう》四年（一八六八）八月二十日（新暦十月五日）、新政府軍は二本松を出発《しゅっぱつ》、会津へと進軍した。会津は一気に緊張感に包まれた。

郭外厩町《かくがいうまやまち》の池上《いけがみ》家では、当主の与兵衛《よへえ》が息子・新太郎《しんたろう》と対座《たいざ》していた。与兵衛は春から中山峠《なかやまとうげ》の守備《しゅび》に就いていたが、若松城《わかまつじょう》への御用《ごよう》を申し付けられ、一時若松に帰って来ていた。

与兵衛は静かに話し始めた。

「敵《てじ》の侵攻《すんこう》が迫ってる。おめど話《はなす》ができんのも今晩だげだ。一言《ひどごど》だげ申すておぐ……」

「……はい」

「士中白虎隊《すつうびゃっこだい》もいずれ出陣《すつじん》する。もし戦《いくさ》に臨《のぞ》んだらば、他人に遅れをとってはなんに。んだげっちょ、やだらど突き進んで無駄《むだ》死《ず》にもすんな。いっづ《づ》も落ぢ着いで行動すろ。万が一、敵の手《てじ》さ落ぢだらば、家名を汚《けが》すような真似《まね》だげはすんでねえ。分がったが?」

「分がりますた……」

新太郎は性格が穏《おだ》やかで、武芸よりも学問を好んだが、出陣《しゅつじん》した際には冷静かつ勇敢《ゆうかん》に振《ふ》る舞《ま》おうと自分に言い聞かせた。

津田捨蔵《つだすてぞう》も父・範三《のりぞう》の前に緊張した面持《おもも》ちで座していた。二人の間には古い鎧櫃《よろいびつ》が置かれていた。

「捨蔵《すでぞ》、津田家の遠祖《えんそ》が越前敦賀《えつぜんつるが》城主《ぞうす》・大谷刑部吉隆公《おおだにぎょうぶよすたかこう》であるごどは、前にも話した通《とお》りだ。吉隆公《よすたか》は御病気をおすて参戦した関《せぢ》が原《はら》で、石田三成《いすだみつなり》殿との信義《すんぎ》を重んずて、見事討つ死にさっちゃ」

「覚えでます」

「んだか。ならいい。この古鎧《ふるよろい》は紛《まぎ》れもねぐ吉隆公着用の一領《いづりょう》だ。士中隊出陣の際はこれを着けでいげ」

「ハイッ！」

捨蔵の眼が輝いた。目の前の古鎧は、勝敗よりも友情を重んじた吉隆公愛用の鎧の内の一つである。打算を排した正義の鎧だった。自分は吉隆公の潔癖な心を、この鎧と共に受け継《つ》ぐのだ。

捨蔵は、吉隆公に恥じることのない戦いをしようと心に決めた。


伊東悌次郎《いとうていじろう》は伊東家の次男だった。家禄《かろく》は一三〇石《こく》。悌次郎は勇敢で、小柄だが柔術《じゅうじゅつ》と砲《ほう》術《じゅつ》・馬術《ばじゅつ》が得意だった。出陣に当たっては名のある業物《わざもの》を帯《お》びていきたいと願っていたが、ある日、夕餉《ゆうげ》の後で父・左太夫祐順《さだゆうすけより》に呼ばれて表居間《おもていま》へと出向いた。

普段は滅多《めった》に家人《かじん》を通すことのない表居間で、床の間を背にした父が、座して眼を瞑《つぶ》っていた。膝《ひざ》の前に太刀が置かれた刀掛《かたなかけ》がある。刀掛は黒檀《こくたん》に金蒔絵《きんまきえ》で山水が描かれた華麗《かれい》な拵《こしら》えで、太刀の値打ちを示していた。悌次郎は父の前に正座した。

掛けられた太刀は、鎌倉時代後期の備前兼光《びぜんかねみつ》だった。鋭い切れ味と力強い造り込みから、上《うえ》杉謙信《すぎけんしん》や織田信長《おだのぶなが》、豊臣秀吉《とよとみひでよし》、加藤清正《かとうきよまさ》など名だたる戦国武将に好まれた銘刀《めいとう》である。そこまで立派な銘刀ではないが、業物には違いない。父が無理をして手に入れたことは容易《ようい》に推察《すいさつ》できた。

「抜いでみろ」

眼を開いた父が、真っ直ぐに悌次郎の眼を見つめながら言った。悌次郎は太刀を手にすると、静かに抜いた。

白銀の抜き身には一点の曇りもなかった。肩落互《かたおちぐ》の目の刃紋《はもん》は冷徹《れいてつ》で、身幅《みはば》がやや広く、ゆったりとした反《そ》りが美しかった。二尺二寸《すん》六分（六八センチ）の刀身は密《ひそ》やかに冴《さ》え渡って、悌次郎の両手に確かな重量を伝えた。腰に差すには少し長すぎたが、背中に背負えば問題はなかった。

「……」

嬉しすぎて言葉にならない。

「悌次郎《ていずろう》、その刀《かだな》に恥ずねえようにすろ。兼光《かねみづ》のように心を研ぎ澄ますて、立派に振る舞え」

「畏《かすこ》まりますた……」

悌次郎は兼光《かねみつ》から勇気を貰《もら》った気がした。

貞吉《さだきち》は母・文子《ふみこ》から訓戒《くんかい》を受けた。父・時衛《ときえ》は青龍隊《せいりゅうたい》一番寄合組《よりあいぐみ》の中隊頭《ちゅうたいがしら》として出陣していた。兄・源八《げんぱち》も朱雀隊士《すじゃくたいし》として越後口《えちごくち》で戦っている。文子は武家の留守を預かる家長の代わりをしていた。

「父上《ぢぢうえ》のお言葉を伝《つだ》えっがら……いまごそお殿様《どのさま》のだめ、藩のだめに命さ捧げねばなんね」

「覚悟《かぐご》はでぎでます」

「一旦前線さ出だがらには生ぎで帰《けえ》ろうなどと思ってはなんね。敵を倒すごとだけ考えろ」

「ハイ……」

「父上からは以上だ。これは私《わだす》からだ」

そう言いながら文子は、一枚の短冊《たんざく》を貞吉の膝の前に差し出した。

「梓弓《あずさゆみ》むかふ矢先《やさき》はしげくとも
　引きな返しそ武士《もののふ》の道　玉章《たまずさ》」

玉章というのは文子の雅号《がごう》である。文子の父である西郷十郎右衛門近登之《さいごうじゅうろううえもんちかとし》は、歌人として知られていた。

「マントルを持ってきっせ」

貞吉は言われるままに、自分の部屋からマントルを持って来て、文子に手渡した。文子は、短冊をマントルの襟《えり》の中に縫い込み始めた。貞吉はその手元を見つめながら、何があろうと決して引き返さないと心に誓った。

白虎隊《びゃっこたい》の隊士が、一人また一人と決意を固めていった。生還《せいかん》を願う者は誰もいなかった。それは家族も同じだった。

相貌秀麗《そうぼうしゅうれい》、智謀胆略《ちぼうたんりゃく》アリ——整《ととの》った顔立ちで大胆にして謀《はか》りごとに優《すぐ》れている——二番隊《にばんたい》中隊頭・日向内記《ひなたないき》を評した記録である。日向は年少時より文武両道《ぶんぶりょうどう》に励《はげ》んできた上級藩士《はんし》で、四三歳だった。二番隊は隊士三七名、将校五名。日向はその五名の筆頭《ひっとう》将校、中隊頭である。端正な容姿の日向は、隊士の目に、凛々《りり》しく頼りがいのある指導者のように映った。しかし、日向は、卑怯《ひきょう》と誹《そし》られようとも少年達を死なせたくないと願っていた。

十一　参　集

八月二十二日（新暦十月七日）、卯《う》の刻《こく》（午前五時）。突如《とつじょ》、若松城《わかまつじょう》で陣太鼓《じんたいこ》が打ち鳴らされた。ドン・ドン・ドン・ド・ド・ド・ドドドド――次第に早くなる鳴らし方は急を告げていた。プオーッ・プオーッ・プオーッ――一定の拍子《ひょうし》で繰り返される太鼓の振動音に、法螺貝《ほらがい》の響きが加わった緊急警報は、明らかに異変を伝えていた。

西出丸、北出丸、三の丸の各門から早馬《はやうま》が次々に駆け出した。騎馬武者《むしゃ》の当てる鞭《むち》の音と、疾駆《しっく》する軍馬の蹄《ひづめ》の音やいななきがあちこちで交差した。

間瀬源七郎《ませげんしちろう》は明け方に、布団の中で馬の興奮したいななきを聞いた。城内帯曲輪《じょうないおびくるわ》にある馬屋からだった。程《ほど》なく太鼓と法螺貝の音が轟《とどろ》いた。異様《いよう》な空気だった。大急ぎで布団から飛び出ると袴《はかま》を穿《は》き、表玄関に走った。表玄関では羽織《はおり》を羽織った父・新兵衛《しんべえ》が、太刀と脇差《わきざし》を差して立っていた。源七郎は慌《あわ》てて新兵衛の側へ駆け寄ると、直立不動の姿勢をとった。騎馬武者が一騎、源七郎の家に向かって真っ直ぐに駆けて来た。

　使番《つかいばん》の騎馬武者は、玄関の前でつんのめるようにして馬を止めると、すかさず飛び降りた。懐中《かいちゅう》から書状を取り出すと、源七郎の前で開いた。源七郎の家は城に最も近く、回章文《まわしぶみ》も一番早かった。

「白虎士中二番隊《びゃっこすつうにばんだい》ハ
容保公《かだもりこう》ニ従イテ出陣相成候付《すつじんあいなりそうろうにつぎ》
巳《み》ノ刻《ごぐ》（午前九時）各々武器《ぶち》ヲ用意シ城《すろ》ニ参集《さんすう》スヘシ」

　使番は読み終えた回章文を、丁寧《ていねい》に畳んで源七郎に手渡した。源七郎は紛《まぎ》れもなく会津藩《あいづはん》の正規兵《せいきへい》だった。武者震《むしゃぶる》いが起きた。源七郎は回章文を押し頂くと、大切に懐《ふところ》にしまった。

「即刻《そっごく》次の者さ申す渡《わだ》すよう」

　使番が源七郎の顔を見て言った。

「畏《かすこ》まりますた」

「お役目、ご苦労《ぐろう》さまでございます」

　新兵衛が使番に労《ねぎら》いの言葉を掛《か》けて、一礼した。

「ご、ご苦労さまです」

源七郎も新兵衛に倣《なら》い、慌てて頭を下げた。使番は源七郎に向かって、笑みを浮かべながら言った。

「立派だ。立派だぞ。さぞかす父上《ちぢうえ》もお喜びだべ」

「恐れ入りまする」

落ち着いて応《こた》える父の声もまんざらではないように、源七郎には聞こえた。

「すからば、これにでご免」

使番はひらりと馬に跨《また》がると、ピシリと鞭をくれた。馬は勢いよく走り出した。源七郎は、お辞儀《じぎ》をしたままの新兵衛が満足していることを確信しながら、頭を下げていた。

貞吉《さだきち》は三軒東の武治《たけじ》から出陣《しゅつじん》の報《しら》せを受けた。武治は黒のマントルに黒の段袋（ズボン）、頭に白鉢巻《しろはちまき》。弾薬の入った胴乱《どうらん》を襷《たすき》掛けにして、貞吉の家に駆け込んで来た。文子《ふみこ》に気付くと、ペコリと頭を下げる。背中で交差させた白木綿《しろもめん》の襷には、朱鞘《しゅざや》の太刀、右肩にヤーゲル銃を担《かつ》いでいた。貞吉の前に来ると、興奮した面持《おもも》ちで一気にまくし立てた。

「二番隊は御老公と出陣すっがら巳の刻《こぐ》までに三の丸さ集合《すうごう》するろという命令だ！」

色白で細面の武治は、他隊の悪たれから「女子《おんなご》、女子」などと揶揄《やゆ》されていたが、いまはその細身《ほそみ》の身体が精悍《せいかん》に見えた。

「分がった。すぐ仕度《したく》すっがら待ってくんつぇッ！」

貞吉は急いで部屋に戻った。この日のあることを予想して、軍装一式を柳行李《やなぎごうり》に収めていた。太刀とヤーゲル銃は刀掛《かたなかけ》に掛けてある。

裁付袴《たっつけ》を脱ぎ、地縞《ぢじま》の義経袴《よしつね》を穿《は》いて、後紐《うしろひも》を結びきりに固く締めた。締め付けられた下腹《したはら》に力が入って、心が落ち着いた。藍《あい》、露草《つゆくさ》、空色、水色——会津木綿の涼やかな染め色が、精神を澄み渡らせた。鷹匠《たかじょう》足袋《たび》を履く。紺の羅紗《らしゃ》マントルを着る。金釦《きんぼたん》を掛ける。文子の短冊を縫い込んだマントルの襟《えり》が、真っ直ぐだった。白木綿の帯《おび》を背中で交差させて襷掛けにする。差し込む太刀の重さで弛《ゆる》まぬように、最後は臍《へそ》の前できつく締めた。白い鉢巻を締めているところへ武治が入って来た。貞吉は鉢巻を締め終えると、ずっと気になっていたことを口にした。

「……武ぢゃん、遊びの什《じゅう》で湯川《ゆがわ》さ行って鮠《はや》獲りしたごど覚えでっか？」

「覚えでる。夏の盛りの暑い日だった……」

武治が貞吉の背中の襷の捩《ねじ》れを直しながら応えた。

「オラが溺《おぼ》れで……夜にはすんごい雨になっだ」

「アア……」

「そったら強え雨ん中を、武ぢゃんど、織之助《おりのすけ》さんど、虎之助《とらのすけ》さんが来てくっちゃべ？」

貞吉は武治の方へ向き直った。

「ウン……」

「そん時、笊《ざる》と手桶《ておけ》を持ってたげっちょ、あれは武ぢゃん家《げ》から借りた物ではねぐて、本当《ほんど》は……」

「忘っちゃ。忘れっつまった、そだに前《めぇ》のごとは……」

武治は遠くを見るように目をそらした。

「武ぢゃん……」

「いいがら早ぐ鉄砲《てっぽ》と刀《かだな》を持で。もう皆《みんな》お城《すろ》さ集《あづ》まってっかも知んにぞ」

「ウン……」

貞吉は葵《あおい》の紋《もん》の入った皮の胴乱を取ると、早合《はやごう》が入っているのを確かめて襷に掛けた。武治に手伝ってもらって、太刀を背中に差した。ヤーゲル銃を右肩に担ぐと、どっしりとした重みが伝わってきた。その重みがいまの貞吉には心強かった。


「オーイッ！　待ってくんつぇーッ！」

貞吉と武治が、本一《ほんいち》ノ丁《ちょう》を三の丸に向かって足早《あしばや》に歩いていると、背後で少年の声がした。振り返ると、肥《こ》えた少年が一生懸命駆けて来る。石田和助《いしだわすけ》だった。和助はぜえぜえと息を切らしながら、貞吉達に追い付いた。鼠《ねずみ》色の筒袖《つつそで》に桧皮《ひわだ》色の羽織、琥珀《こはく》色の段袋。韮山笠《にらやまがさ》を被《かぶ》り、背中に黒鞘《くろざや》の関兼定《せきかねさだ》を差している。十一代兼定は反《そ》りが浅く、切っ先が詰まって、無骨《ぶこつ》な趣《おもむき》の業物《わざもの》である。貧しさのどん底で努力を重ね、百姓から医師となって、七人扶持《ぶち》の側医格《そばいかく》まで立身した父・龍玄《りゅうげん》の精一杯の思いが、銘刀《めいとう》に込められていた。

「ハァ、ハァ、ハァ……ああ、くたびっちゃ……」

和助はヤーゲル銃を地面に立てると、手拭《てぬぐ》いで汗を拭った。和助の家は城外の町屋・紺屋町《こんやまち》にあった。ほとんどの家が城内・侍屋敷《さむらいやしき》にある白虎士中二番隊士《びゃっこしちゅうにばんたいし》の中では、和助の家が城から一番遠かった。和助の父の成功を妬《ねた》む者の中には、その出自《しゅつじ》を侮蔑《ぶべつ》する者がいた。和助に暴言《ぼうげん》を吐く者もいた。そんな時、和助はいつものにこやかな表情からは想像もできない鬼の形相《ぎょうそう》となって、侮辱した相手に向かっていった。相手が体格で上回ろうと、膂力《りょりょく》で優《まさ》ろうと構わなかった。身の危険《きけん》を顧《かえり》みず、勝敗を度外視して家の名誉のために闘《たたか》った。それは、自分や家族だけでなく、仲間が軽蔑《けいべつ》された時も同じだった。正義感が強い和助は、貞吉や武治と気が合った。貞吉達にとって、正義は何よりも大切なものだった。

三ノ丁《さんちょう》へ差し掛かると、貞吉の母・文子の実家が見えてきた。西郷十郎右衛門近登之《さいごうじゅうろううえもんちかとし》邸で、家人が表門の前で待ち構えていた。貞吉を認めると、背中の丸まった祖母のなほ子が駆け寄って来た。幼かった貞吉に絵草子《えぞうし》を読んでくれたり、玉吹き（シャボン玉）などを一緒にやってくれたりした。貞吉を人一倍可愛がってくれた優しい祖母だった。白髪の祖母が貞吉に一枚の短冊を握《にぎ》らせた。短冊には祖母の美しい文字が連《つら》なっていた。

「重き君軽き命と知れやしれ
　おその媼《おうな》のうへは思はで　　なほ子」

……大切なあなたでも命ははかないと思ってください。愚かな老婆の身の上など心配せずに……

胸が熱くなった。貞吉は短冊を懐にしまうと、潤《うる》む眼で祖母の顔を見て頭を下げた。白髪の祖母の目にも滴《しずく》が光っていた。覚悟《かくご》を決めた会津全土が悲嘆《ひたん》の涙にくれているようだった。

三の丸の手前には、会津藩でも一、二を争う家老《かろう》・西郷頼母《たのも》の大きな屋敷があった。西郷邸は貞吉の叔母・千重《ちえ》の嫁ぎ先である。頼母は白河口総督《そうとく》として、占領された白河《しらかわ》城を奪回すべく、激しい攻撃を繰り広げていた。

貞吉達三人が三ノ丁に面した西郷邸の冠木門《かぶきもん》へ来ると、家族の者達が一斉に駆け寄って来た。幼い頃一緒に遊んだ細布子《たいこ》と瀑布子《たきこ》もいる。細布子は貞吉と同年、瀑布子は三つ下だった。

「……義を見て為ざるは勇無きなり」

細布子が貞吉の目を見つめながら言った。行うべきことを前にしながら行わないのは臆病《おくびょう》もの
である――「論語《ろんご》」の一節だった。孔子の「論語」は日新館《にっしんかん》の第四級で教授されるもので、「孟子《もうし》」「大学《だいがく》」「中庸《ちゅうよう》」など他の一一冊の書物と共に、一三歳までに読了《どくりょう》しなければならなかった。貞吉も武治も和助も、細布子が何を言いたいのかすぐに理解した。

「もすも、敵が近ぐまで迫ってきたら、細布子はなじょする?」

「敵の手に掛がるようだったらば、そん時は自害《ずがい》すっから」

平然と言い放つ細布子の笑顔が涼しかった。貞吉は細布子の白い顔をまぶしいものでも見るようにしながら、西郷邸を後にした。

十二　落　馬

西郷《さいごう》邸の一町（一〇〇メートル）先には、日新館《にっしんかん》時代に大坪流馬術《おおつぼりゅうばじゅつ》を指南された桜ヶ馬場《さくらがばば》があった。馬術は、唯一貞吉《さだきち》の好きな武術《ぶじゅつ》だった。

馬術師範《しはん》であった大場儀助《おおばぎすけ》は、日新館の子弟の中でも、特に優れた天稟《てんぴん》の者数名を個別に指導した。貞吉もその中の一人だったが、熱心な大場の指導でめきめきと腕を上げた。

貞吉が桜ヶ馬場へ行くと、大概《たいがい》は、簗瀬《やなせ》勝三郎《しょうさぶろう》、伊東悌次郎《いとうていじろう》、野村駒四郎《のむらこましろう》の三人が稽古《けいこ》をしていた。三人とも貞吉より三歳年上の嘉永《かえい》四年（一八五一）生まれである。勝三郎と駒四郎は背が高く、特に駒四郎は肩幅も広くがっしりとした体格だった。悌次郎は、身体こそ小さいものの、柔術《じゅうじゅつ》も得意で、闘争心《とうそうしん》が旺盛《おうせい》だった。

慶応《けいおう》元年（一八六五）閏《うるう》五月（六月）、貞吉は、馬場で鐙《あぶみ》の上に立つ軽速歩《けいそくほ》の稽古をしていた。大場師範は、城からの使者を迎えて接客中で、貞吉は、槍も得意な駒四郎に指導を受けていた

――ヒイ、フウ、ヒイ、フウ――一定の拍子で、鐙を蹴って立ち上がっては、再び重心を低くする乗り方だった。長距離《ちょうきょり》を走っても馬の負担を減らすことができるといわれていたが、軽速歩を習得《しゅうとく》するには、馬との呼吸を一致《いっち》させる必要があった。

「貞吉《さだきつ》ッ！　もっと膝で鞍《くら》さ挟んで膝を固定《こでい》すろッ！」

馬場を周回《しゅうかい》する貞吉に、中央で見守る駒四郎から指示が飛んだ。

「背中さ丸めんでねえッ！　背筋《せすじ》さ真っ直ぐ伸ばせ！」

駒四郎の指摘は正しかった。膝《ひざ》に力を入れて、背筋をぴんと伸ばすと、馬の肢《あし》の運びと貞吉の身体を上下させる瞬間とが一致して来た。

「んだ、んだ。人《しと》が馬《んま》に合わせんだ……」

それは、いつも大場師範が言っていたことだった。

栗毛の肢の運びと、貞吉の身体の上下とが完全に一致して、軽やかな走りになっていた。これが人馬一体《ずんばいったい》ということか――貞吉が栗毛と同じ呼吸になったことを実感した時だった。

突如《とつじょ》、栗毛の肢の前に黄色い棒が伸びてきた。棒は鼬《いたち》だった。鼬は、矢のように栗毛の肢の間を掠《かす》めていった。一瞬の出来事だった。ヒヒーン！　驚いた栗毛が、後肢立《あとあしだ》ちになった。貞吉は、慌《あわ》てて手綱《たづな》を絞《しぼ》った。ヒヒ、ヒーンッ！　カッカッカッカッ！　前肢が空を掻《か》き、後肢の蹄《ひづめ》が土を抉《えぐ》った。栗毛は、騸がいなくなっても興奮していた。必死で手綱を絞る貞吉に、駆け寄ってきた駒四郎が怒鳴った。

「緩《ゆる》めろッ！　手綱を緩めろッ！」

貞吉が一気に手綱を緩めた時だった。栗毛は、地面に前肢を着くと同時に、後肢を蹴り上げた。貞吉の身体が宙に舞《ま》った。怒鳴り続ける駒四郎の姿が逆さまになって、背中に強い衝撃《しょうげき》を受けた。激痛が走った直後に、目の前が暗くなった。薄れていく意識の中で、栗毛に引き摺《ず》られる駒四郎を見たような気がした。闇が訪れて、貞吉は気を失った。


――どれぐらいの時が経ったのだろう。遠くで人が話すような声を聞いて、貞吉は目を覚ました。見慣れない天井だった。天井を遮《さえぎ》って、駒四郎と石田和助《いしだわすけ》の顔が現れた。二人の後ろに、大場師範と和助の父・石田龍玄《りゅうげん》の顔も見えた。硬い布団に寝かされていた。

「……ここは？」

「オラ家《げ》だ。父上《ちちうえ》に診《み》でもらっだ。気絶《きぜつ》すただけで、あどは何《なん》ともねェ」

和助が丸っこい人懐こそうな顔で応《こた》えた。

「……馬《んま》は？」

「駒四郎《こますろう》さんが取り押さえでくっちゃ」

「……駒四郎さん、怪我《けが》は？」

貞吉は、駒四郎の頭から膝まで無事を確かめるように視線を移《うつ》した。駒四郎の小袖《こそで》も袴《はかま》も土まみれだった。

「大丈夫だ。さすけねエ」

駒四郎は、左手で右の袖口《そでぐち》を引っ張るようにして、右前腕《ぜんわん》を隠した。右前腕に巻かれた晒《さら》しが、ちらりと貞吉の目に入った。晒しには血が滲《にじ》んでいたようだった。

「駒四郎が馬《んま》に引き摺られながらも、手綱を離さねで絞《すぼ》り続けてな。走っている馬を鎮《すず》めたんだ。大《たい》すた度胸《どちょう》だ」

大場師範が、時折駒四郎の顔を見ながら、説明した。

「……駒四郎さん、悪《わり》がったなし」

駒四郎に詫《わ》びた。申し訳ない気持ちで一杯だった。

「オメのせえでねェ。気《ち》にすんな」

駒四郎がニッコリしながら言った。

「なんせ駒四郎っていうぐらいだがんな。これがらは、槍の駒四郎でねぐで、馬の駒四郎って呼ぶべ」

大場師範の戯言《ざれごと》に笑いが起きた。

槍の駒四郎は、馬術でも頼りになる存在だった。

十三　出　陣

駒四郎《こましろう》との思い出が残る桜ヶ馬場《さくらがばば》を右に折れると、どよめきが聞こえた。自然石《しぜんせき》を積み上げた野面積《のづらづ》みの石垣《いしがき》の向こうが三の丸だった。

三の丸では城内の守備兵《しゅびへい》に囲まれて、白虎士中一番隊《びゃっこしちゅういちばんたい》も召集《しょうしゅう》されていた。この時期、白虎寄合一番隊九八名と二番隊《にばんたい》六二名は、越後《えちご》戦線で実戦に突入《とつにゅう》していた。寄合一番隊は、津川口《つがわぐち》で三名の戦死者を出し、二番隊も、津川の会津藩《あいづはん》関所である石間《いしま》で、やはり三名の戦死者を出した。両隊の負傷者九名は、若松に後送され、病院となった日新館《にっしんかん》で治療を受けていた。その負傷者を見舞《ま》った士中隊士は、誰もが使命感に燃え、一刻《いっこく》も早い出陣《しゅつじん》を願っていた。

桜の樹に囲まれた広場では、白の会津木綿に「會」の一文字や葵《あおい》の家紋《かもん》を染め抜いた幟《のぼり》が林立《りんりつ》していた。「白虎隊」や「士中一番」「士中二番」の幟も風になびいていた。白虎隊三種の幟は、高《たか》さ六尺（一・八メートル）、幅一尺（三〇センチ）の寸法で、正規の幟の半分だった。

成人していない白虎隊士の体格に合わせたものである。旗竿《はたざお》も細めの竹が用いられていたが、幟の取り付けは、長辺の一方と上辺を袋縫いにして、竿に通して縫い付ける縫含旗《ぬいふくめばた》になっていた。竿から幟が抜けることのない堅牢《けんろう》な造り。

白木綿に勇躍する「士中二番」の墨文字と、その幟が風に震《ふる》える様は、貞吉《さだきち》の心を奮《ふる》い立たせた。二列縦隊《にれつじゅうたい》の先頭で、幟を掲《かか》げているのは、嚮導《きょうどう》の篠田儀三郎《しのだぎさぶろう》である。二番隊は八割方が集結していた。

貞吉と武治《たけじ》、和助《わすけ》の三人が、儀三郎にお辞儀《じぎ》をして、列の最後尾につこうとした時だった。

「オメ達三人《だづさんぬん》は、一番前《いっぱんめえ》だ」

儀三郎が振り返りもせずに、真っ直ぐ前を見たまま言った。

「後《うす》ろさ置いどいて、又《また》、一番隊《いづばんだい》と喧嘩《けんか》なんかさっちゃら、たまんねがらな」

周囲から笑いが起きた。温かい笑いだった。

色白《いろじろ》の武治を「女子《おんなご》、女子」とからかった一番隊士に、武治が飛び掛《か》かり、他の一番隊士が加わると、貞吉が必死になって武治に加勢《かせい》し、さらに増えた一番隊士に和助が突っ込んでいったのは、一ヶ月前のことだった。この喧嘩の顚末《てんまつ》は士中隊の間に瞬《また》く間に拡がり、少人数で多勢と渡り合った二番隊の三人は、人気者になった。

貞吉達士中白虎隊士を育《はぐく》んだ日新館は、非常に学問と規律の立った学校だったが、尚武《しょうぶ》の気風も並々ならぬものがあった。「遊びの什《じゅう》」「学びの什」という幼児から日新館までの組織は、「辺《へん》」と呼ばれる近在の者同士で構成された。自分の辺の者と、他の辺の者とで喧嘩が始まると、同辺の者は、全力で自分の辺の者を助けなければならなかった。それは「辺」の者の最大の義務である。なおかつ、喧嘩に負けてはならなかった。子供同士の喧嘩であっても、死力を尽くして戦わなければならなかった。仲間を見捨てるようなことは、絶対にしてはならないことだったのだ。

このような気風は、学問のみを重んずる者は、いくら優秀であっても相手にされないという日新館の伝統を際立《きわだ》たせた。武芸にも秀《ひい》で、文武両道《ぶんぶりょうどう》を実践《じっせん》する者こそが賞賛に値《あたい》した。強烈な正義感と闘争心《とうそうしん》とが、幼い頃から培《つちか》われる仕組みだった。

儀三郎のすぐ後ろに並んでいた井深茂太郎《いぶかもたろう》と津川喜代美《つがわきよみ》が、後退《あとずさ》りして三人を列に入れた。よく貞吉の学問の面倒をみてくれた茂太郎は、一歳年上の嘉永《かえい》六年（一八五三）生まれだった。勇敢《ゆうかん》でもあったが、とりわけ学問に秀でていた。日新館では神保修理《じんぼしゅり》の再来といわれる程《ほど》の並外《はず》れた秀才だった。

喜代美も嘉永六年生まれで、剣術《けんじゅつ》に優れていた。貞吉は、稽古《けいこ》で一度も勝ったことがない。その鋭い太刀筋《たちすじ》は、織之助《おりのすけ》と共に安光流《やすみつりゅう》の有力な伝系者《でんけいしゃ》になり得ると噂されていた。喜代美は、優しくも気丈夫《きじょうぶ》な性格だった。

喜代美が出陣の際に詠《よ》んだ歌。

「かねてより親の教《おしえ》の秋《とき》は来て
　今日の門出ぞ我はうれしき」

二番隊で最後に走り込んできたのは、永瀬雄次《ながせゆうじ》だった。雄次の兄・雄介《ゆうすけ》は、七ヶ月前の鳥羽・伏見《ふしみ》の戦いで戦死している。二〇歳だった。砲術《ほうじゅつ》が得意な雄次は、隊士の中でただ一人、緑褐《りょくかっ》色《しょく》の上衣《じょうい》を着ていた。山野で戦うには、草木《くさき》と同じ色のほうが、敵に発見されにくいだろうという進んだ考えだった。

士中一番隊、二番隊共に三七名ずつの隊士が勢揃《ぞろ》いした。石垣を背に、集合を待っていた軍事奉行《ぶぎょう》・萱野《かやの》権兵衛《ごんのひょうえ》が、腰掛けていた一人用の床几《しょうぎ》から立ち上がり、三人掛けの竹の床几に上ると、一番隊に向かって命令書を読み上げた。

「白虎士中《しつう》一番隊ハ　城内ニテ若殿《わがどの》ヲ　オ護《まも》リスベシ」

一番隊の役目は、城内での喜徳公《のぶのり》の護衛《ごえい》だった。一番隊のあちこちから、落胆《らくたん》ともとれる溜息《ためいき》が洩《も》れた。軍事奉行が、二番隊に向かって命令書を読み上げる。

「白虎士中二番隊ハ　ゴ老公ニ従《すたが》ヒ　滝沢方面《たちざわほうめん》へ出陣《すつじん》スベシ」

どよめきに包まれると同時に、歓喜の雄叫びが二番隊で上がった。軍事奉行の左脇に立つ一番隊中隊頭《ちゅうたいがしら》・春日和泉《かすがいずみ》の残念そうな顔付きとは逆《ぎゃく》に、二番隊中隊頭・日向内記《ひなたないき》は満足そうな笑みを浮かべた。

「一番隊は本丸さ向かう！　デパールトッ！」

一番隊小隊頭・中村帯刀《なかむらたてわき》の声が響いて、「白虎隊」「士中一番」の幟を先頭に、一番隊が動き出した。二番隊士は、身じろぎもせずに行軍する一番隊を見送った。一番隊の殿《しんがり》を務める小隊頭・柴佐太郎《しばさたろう》が、二番隊の前を通過する時、小さく頷《うなず》いて見送りに対する感謝の意を表わした。

広い三の丸で、一番隊の規則的な足音だけがしていた。一番隊が東門《ひがしもん》の石垣を通って二の丸へ入るのを見届けた日向内記が、竹の床几の上に立った。

「二番隊は、御老公をお護りすて、これから滝沢本陣《ほんずん》さ向かう。寄合隊《よりあいだい》は、はあ越後口《えつごぐつ》で戦闘さ突入《とづにゅう》すでる。寄合に負げでらんね。一番隊にも負げらんに。いまごそ二番隊の心意気《こころいぎ》を見せっ時《どき》だ。一致団結《いっつだんげつ》すて本分《ほんぶん》を尽ぐせ。いいがーッ！」

「オーッ！」

地鳴りのような声が湧《わ》いた。中隊頭の発した檄《げき》に、全員が応《こた》えた。貞吉も腹の底から声を出し、右の拳《こぶし》を突き上げた。武者震《むしゃぶる》いが起きた。

「アン、ドウ、トロア、ヤアトル！」

小隊頭・山内蔵人《やまうちくらうど》の号令で、足踏みが始まった。アン、ドウ、トロア、ヤアトル、アン、ドウ、トロア、ヤアトル――

「デパールトッ！」

小隊頭・水野勇之進《みずのゆうのしん》のどら声が響いた。儀三郎が掲げる「士中二番」の幟が動き出した。貞吉も隣《となり》の武治に歩調を合わせて歩き出す。儀三郎は腰に刀を差し、背中にヤーゲル銃を背負っている。貞吉は、儀三郎のよく磨き上げられたヤーゲル銃を見ながら、発射までの一連の動作を思い描いた。三尺六寸（一〇八センチ）のヤーゲル銃を垂直《すいちょく》に立てる……胴乱《どうらん》から早合《はやごう》を取り出し、銃口から火薬と径六分（一八ミリ）の円弾《えんだん》を込《こ》める……槊杖《かるか》で突き固める……檄鉄《げきてつ》を上げ、火門《かもん》に雷管《らいかん》を被《かぶ》せる……左手で一貫目（四キロ）の銃身を支え、銃床《じゅうしょう》を右肩に着け……照門《しょうもん》を敵兵の上半身に合わせる……敵兵？　敵兵はどこにいる？　どんな格好で？

思考が停止した。敵兵を想像することができなかった。何十回となく稽古して来た西洋式の高島《たかしま》流砲術なのに。髭《ひげ》を蓄《たくわ》えた山本良重《やまもとよししげ》師範《しはん》の顔が浮かんだ——日新館の稽古場を思い出せ。御館《みたて》の稽古場を思い出せ——師範が声に出さずに語り掛けてきた。

日新館には、天文台の南に「角場《かくば》」と呼ばれる砲術の稽古場があった。近的の稽古はここで行われたが、遠的の稽古は一里半（六キロ）離れた広い御館で行われた。奥行き二町半（二五〇メートル）の稽古場では、一町（一〇〇メートル）離れた三尺（九〇センチ）四方の的に向かって撃った。的に当てることができたのは、大概、鈴木源吉《すずきげんきち》、永瀬雄次、伊東悌次郎《いとうていじろう》の三人だった。

源吉は、総髪《そうはつ》の色浅黒くいかつい顔で、大柄な身体と相まってごつい印象を与えた。しかし、性格は温和で、人の嫌がることを黙々とやるようなところがあった。その外見から、「牛《べこ》」などという字《あざな》で呼ばれたりしたが、貞吉は源吉の本当の姿を見たことがあった。

それは一年前の出来事だった……

貞吉と源吉が甲賀町通《こうかまちどお》りを歩いていると、八、九歳の男児《だんじ》が四人で取っ組み合いの喧嘩を始めた。二対二ではなく、三対一の喧嘩だった。多勢に無勢、一人で闘っていた男児は、三人に組み伏せられ、顔を殴られて鼻血を出した。

貞吉が、男児に加勢しようと踏み出した時だった。源吉に袖を摑《つか》まれて、強い力で引き戻された。思わず非難の目で源吉の顔を見た貞吉に、源吉は静かに首を振った。

「なじょしてですか？」

「なじょしても……」

貞吉の問いに、源吉は同じ言葉を返して来た。

一人で孤独な闘いを続けていた男児が泣き出して、喧嘩は終った。三人組が立ち去っても、男児は仰向《あおむ》けになったまま、顔を覆《おお》いながらしゃくり上げて泣いた。源吉が男児の側にしゃがみ込んで、語り掛けた。

「――口惜《くや》すいが？　口惜すいべな、喧嘩サ負げだんだから――男《おどご》とすて恥ずがしがったら、口惜すがったら、もっどもっど強ぐなれ――」

男児の泣き声が止まった。しゃくり上げてはいたが、声は押し殺していた。顔を覆った男児の両腕を下ろさせると、源吉は自分の手拭《てぬぐ》いで鼻血を拭いてやった。両腕を取って立たせると、後ろ向きになって、男児をその広い背中に負《お》ぶった。

「家はどごだ？」

「……甲賀町口《こうがまぢぐち》……」

源吉は歩きながら、背中に顔を押し付けている男児に言った。「この口惜すさは、絶対に忘れんでねえぞ――」

「……」

源吉はやはり「牛」だった。優しさと強靭《きょうじん》さとを併《あわ》せ持った「牛」だった。


儀三郎の背中で揺れるヤーゲル銃が、貞吉にいろいろなことを思い起こさせた。

「アレーテッ！」

小隊頭・水野勇之進の太い声で、ピタッと行進が止まった。本丸の天守前だった。

真っ白な太綱《ふとづな》の胸懸《むながい》を着けた栗毛に跨《また》がって、御老公・松平容保《まつだいらかたもり》が近付いて来る。容保公は金糸《きんし》で織られた陣羽織《じんばおり》を着け、葵《あおい》の紋が入った陣笠を被っていた。細面《ほそおもて》で端正な顔立ち。前後を四名の供回りに固められて、容保公が貞吉と武治の後ろに入った。栗毛の鼻息を背中に感じて、貞吉は緊張した。

「デパールト……」

心なしか水野祐之進の号令も、丁寧《ていねい》に発せられたように聞こえた。二番隊が揃って左足から進み出した。

「アン、ドウ、トロア、ヤアトル――アン、ドウ、トロア、ヤアトル――」

山内蔵人の号令に二番隊士が歩調を合わせた。全員が同じ歩幅、歩速に揃えた。

貞吉は、歩きながら天守を見上げた。白壁《しらかべ》・赤瓦《あかがわら》の五層《ごそう》の天守が、露草《つゆくさ》色の空を背に聳《そび》えていた。心の中で別れを告げた。前方に北出丸へと続く太鼓門《たいこもん》の石垣が見えてきた。ぽつりぽつりと秋の冷たい雨が落ちてきた――

十四　滝沢本陣

容保《かたもり》公と貞吉達《さだきちたち》二番隊士《にばんたいし》が越後街道《えちごかいどう》を通って、お城から一里（四キロ）離れた滝沢本陣《たきざわほんじん》に着いたのは、八月二十二日（新暦十月七日）の午《うま》の刻《こく》（午前一二時）だった。郷頭《ごうがしら》・横山三郎《よこやまさぶろう》の屋敷《やしき》である滝沢本陣は、藩主が参勤交代《こうたい》で江戸へ出る際に旅装を整《ととの》えた屋敷だった。茅葺《かやぶ》きの屋根を持つ書院造りの建物は、滝沢峠《とうげ》の麓《ふもと》に位置している。晩秋《ばんしゅう》の峠を重たそうな雲が覆《おお》い、冷たい雨が大きな松を濡《ぬ》らしていた。

御入御門《おいりごもん》を潜《くぐ》って、御座《ござ》の間へと向かう容保を見送ると、四半刻（三〇分）の休憩《きゅうけい》をとることが許《ゆる》された。貞吉も濡れた草鞋《わらじ》を脱いだ。足が軽くなった。二番隊士は全員が母屋の広い座《ざ》敷《しき》に上がった。

座敷では、水野小隊頭が隊士一人一人の名前を読み上げ、二番隊を二つの小隊に分けた。一番小隊は、嚮導《きょうどう》・篠田儀三郎《しのだぎさぶろう》が一七名の隊士の指揮《しき》を執《と》ることになり、二番小隊は、小隊頭・

山内蔵人《やまうちくらうど》が隊士二〇名の指揮官になった。一番小隊、二番小隊の隊士三七名と隊頭四名を束《たば》ねるのは、中隊頭《ちゅうたいがしら》の日向内記《ひなたないき》だった。

貞吉は簗瀬武治《やなせたけじ》、有賀織之助《あるがおりのすけ》、野村駒四郎《のむらこましろう》、井深茂太郎《いぶかもたろう》、鈴木源吉《すずきげんきち》、林八十治《はやしやそじ》などと一緒に一番小隊に編入された。石山虎之助《いしやまとらのすけ》、石田和助《いしだわすけ》などは二番小隊だった。

銃と刀を外《はず》した隊士は、小隊ごとに車座《くるまざ》になった。一番小隊の真ん中に儀三郎が腰を下ろし、聞いてきた戦況《せんきょう》を説明した。

「早馬《はやうま》で戦《いくさ》の報《すら》せが届いた……母成峠《ぼなりとうげ》が敵に破らっちゃ……薩摩《さづま》・長州《ちょうすう》・大垣《おおがち》・大村《おおむら》・土佐《とさ》・佐土原《さどはら》、三〇〇〇の兵みでだ……」

「三二〇丈（九七〇メートル）も高《たが》いどごさある母成峠が破らっちゃの？」

八十治が信じられないという口調で聞き返した。

「高い峠だっずっだって、味方《みがだ》は猪苗代《いなわすろ》、二本松《にほんまづ》、大鳥圭介《おおどりけいすけ》さんの幕府軍合わせて、八〇〇しかいねがった……」

「新撰組《すんせんぐみ》がいたべした。土方《ひずかた》さんが防衛線《ぼうえいせん》を張ってたはずだべ？」

安達藤三郎《あだちとうさぶろう》が儀三郎に聞いた。

「なんぼ土方さんだっずっだって、新撰組だっずっだって、数が違《つが》い過ぎんだ……」

「んだ。それどもう刀《かだな》や槍の時代《ずだい》でねえ。大砲《おおづつ》と鉄砲《てっぽ》の世の中なんだ――」

駒四郎が付け加えた。全員が驚いて駒四郎を見た。槍の駒四郎が、槍の時代の終りを告げるとは！

「土方さん自身《ずしん》が言ってんだ。伏見《ふすみ》の戦いの後《あど》で――これがらは鉄砲でねっがだめだって。剣も槍も、もう役さ立だねっで――」

「オレも福良《ふくら》さ行っだ時《とじ》、新撰組の人《すと》がら聞いたごどある。これがらは、なんぼ剣が遣《つか》えだってだめだって――」

織之助だった。日新館《にっしんかん》一といわれた安光流剣術《やすみつりゅうけんじゅつ》の遣《つか》い手の言葉には、重みがあった。

「新撰組の誰《だれ》がら聞がったの？」

津川喜代美《つがわきよみ》が敬語《けいご》で織之助に尋《たず》ねた。喜代美は日新館で織之助に次ぐ安光流剣術の遣い手だった。今度の戦ではもはや剣は通用しない、という考えを受け入れられないでいるようだった。

「山口二郎《やまぐつずろう》さん――」

「山口二郎？　誰《だん》じゃよ、その人は？」

織之助が口にした新撰組の人間の名を、喜代美は聞いたことがなかった。

「本名、斎藤一《さいどうはずめ》」

「斎藤一さん？　あの沖田《おじた》さんよっか腕が立ったっていう――」

「んだ。その斎藤さんが、これがらの戦は大砲と鉄砲だって――その数《すう》ど質が勝敗《かづまげ》を分げるって言ってでだ」

沖田総司《おきたそうじ》と共に新撰組きっての剣士といわれた斎藤一が、剣の時代の終焉《しゅうえん》を告げたことは、二番隊士を動揺《どうよう》させた。日新館で懸命《けんめい》に稽古《けいこ》に励《はげ》んできた剣術も槍術《そうじゅつ》も、役に立たなくなっていたことが、戦争の結末を暗示しているように思われた。

……あの土方さんが率《しき》いる新撰組が敗れっぢまっただ。あじゃ程精悍《ほどせいかん》な目付《めづ》きの土方さんが指揮《すき》する防衛線が突破さっちゃ――斎藤さんの剣も全く役に立だねえだど――貞吉も頭の中が真っ白になっていた。敵と出会ったら、自分はどうやって闘えばいいのだろう。

隊士の間に戸惑《とまど》いが広がり、不安の声で座敷がざわついた。

「……大丈夫だ。敵との距離《ちょり》が三〇間《さんずっけん》（五四メートル）よりあっ時は鉄砲さ射《う》で……それよっか近《ちが》い時は刀を抜けばいい。そすて力一杯《いっぺ》闘う……そんだけのこんだ……」

源吉がボソボソと言った。心配しても始まらない。戦場《いくさば》に臨《のぞ》んだら、その場その場で全力を尽くす。「牛《べこ》」が言っていることは正しかった。

「んだ、んだ。剣術程ではねえげっちょ、オラ達《だつ》は砲術《ほうずつ》だってちゃんと稽古すてきたべした。何《なん》のために山本良重師範《やまもとよしすげすはん》サあじゃ程頭《あだま》を引《し》っぱたかれたが、思い出さっせッ！」

鉄砲が得意な永瀬雄次《ながせゆうじ》の元気な声だった。一同に少し明るさが戻った。


——そうだった。日新館の角場《かくば》でも御館《みたて》の稽古場でも、山本師範の砲術《ほうじゅつ》の稽古は、本当に厳しかった。武芸が苦手な貞吉には、殊更《ことさら》気が重い稽古だった。

いまでもその稽古の様子がありありと眼に浮かぶ……

「安達《あだつ》、三匁《もんめ》（一一・二五グラム）弾だど、火薬《かやぐ》は何匁だ？」

「……三……イヤ、四、四匁？」

ボカッ！　答え終わらぬうちに、山本師範の鉄拳《てっけん》が飛んで、藤三郎がよろめいた。

「この戯《たわ》けめが！　四匁も火薬詰めだら、一発《いっぱづ》で砲身《ほうすん》が破裂《はれづ》すっちまうべ！　三匁弾の時は火薬は一匁（三・七五グラム）だって教《おす》えだはずだ。何遍《なんべん》も同《おんな》ずごどを言わせんな！」

「も、申《もう》す訳《わげ》ありません！」

「最前列、構えーッ！」

山本師範の号令一下、最前列の四名が、片膝立《かたひざた》ての姿勢でヤーゲル銃を構えた。後ろに回った師範が、一人一人の姿勢を点検して歩く。顎《あご》を突き出した者は顎を引かせ、両肘《りょうひじ》が縮《ちぢ》んでいる者は脇を開けさせて、ゆったりとした構えに直す。口を閉じている者は口を開けさせた。口を開けていないと、発砲した時に鼓膜《こまく》が破れる恐れがある。射手の姿勢が決まった。停止。静寂《せいじゃく》。緊張……

「撃《う》てーッ！」

ダンッ！　ダンッ！　ダンッ！

白煙が上がり、轟音《ごうおん》がした。火薬の臭《にお》いが立ち込める。ボカッ！　白煙が薄れると、師範の鉄拳をくらった八十治が、頭を押さえていた。

「林《はやす》ッ！　にしゃはちゃんど槊杖《かるが》で火薬を突き固めだのがッ！　このおんつぁげすッ！」

八十治の銃口からは白煙が出ていなかった。八十治は弾を発射できていなかった。

発射できた三名の内、三〇間（五四メートル）先《さき》の一尺（三〇センチ）四方の的板《まといた》を射抜いていたのは、源吉だけだった。

「直れーッ！　鈴木《すずき》は伊藤《いとう》と交代《こうだい》、他の者はもう一遍ッ！」

源吉から銃を受け取った伊藤俊彦《いとうとしひこ》が、最前列に進み出た。

「火薬込めーッ！」

「弾込めーッ！」

「構えーッ！」

次々に発せられる号令に、隊士達は必死に付いていった。

「撃てーッ！」

ダン、ダン、ダン、ダンッ！

今度は……四名全員が発射できていた。貞吉も発射に成功していた。だが、白煙が薄れると、顔を真っ赤にした師範が、どすどすと貞吉に向かって来る。その姿はまるで赤鬼のようだった。恐怖におののきながら、貞吉は覚悟《かくご》を決めた。歯を食いしばって腹に力を入れる。

ボカッ！　頭に衝撃《しょうげき》があった。目の前が真っ暗になり、火花が飛んだ。頭蓋《ずがい》に言いようのない痛みが発生した。

「飯沼《いいぬま》ッ！　にしゃは何で目ェ瞑《つぶ》んだ！　この臆病者《おくびょうもの》ッ！　敵の近くサ味方がいだら味方を撃っちまうべ！　発射の時は絶対に目を瞑んでねえッ！」

激しい指南だった。的板を射抜くことができた池上新太郎《いけがみしんたろう》と伊藤俊彦が、次列の者と交代する。八十治と貞吉はまたしても居残りだった。

二番隊士三七名全員が的に当てた時には、傾いた夕日が会津《あいづ》平野を鴇《とき》色に染めていた。

砲術の稽古後、最後に帰り支度《じたく》を終えた貞吉が、武治と一緒に師範舎の横を通り掛《か》かった時だった。

格子窓《こうしまど》から透《す》けて見える師範部屋に、行灯《あんどん》に照らされて山本師範の姿があった。片肌を脱いだ師範は、右拳《こぶし》を黒木綿で巻いて、手桶《ておけ》の水に浸《つ》けていた。その松の根っこのような右拳！　左拳よりも明らかに右拳の方が大きい。腫《は》れのせいだ……

思わず息を呑《の》んだ。山本師範の拳の痛みを想った。自分達も殴られて痛かったが、師範の方がもっと痛んでいたのだ。それでも、右拳一本で左の拳に代えることはなかった。

……師範の強い意志が伝わってきた。武治がぽつりと言った。

「山本《やまもど》師範はご自分《ずぶん》の総領《そうりょう》を、砲術の稽古中に暴発で亡ぐさっちんだ……オラ達と同ずぐらいだったつう話だ……」

そうだったのか——あの鬼気《きき》迫る稽古には、そんな訳があったのか……

「戦場では、自分の身は自分で護《まも》んねっかなんね。弾の出ねえ鉄砲は鉄砲でねえ。敵サ当だんねえ鉄砲は遊物《あそびもの》（玩具）に過ぎね。逆《ぢゃぐ》に百発百中の鉄砲はどんな敵でも倒せる……砲術は敵を倒すのと同時《どうず》に、自分を護る武術《ぶじゅつ》でもあんだ……前に山本師範が言ってらった……」

「……」

言葉が出なかった。

「座したまんまでいいがら皆《みんな》よぐ聞げッ！」

突如《とつじょ》、日向内記の声が響いた。一番小隊も二番小隊も私語を止め、車座になったまま中隊頭を見上げた。

「たっだいま、戸ノ口原《とのぐつはら》がら歩兵中隊の塩見恒四郎《すおみこうすろう》殿が来で、出兵《すっぺい》を促《うなが》さっちゃ。御老公の命《めえ》により、二番小隊はこれがら大野ヶ原《おおのがはら》を守備《すび》すでる敢死隊《かんすだい》の応援さ向がう。一番小隊は御老公を護衛《ごえい》すて、ここさ残《のご》れッ！」

「待ってくなんしょッ！」

即座《そくざ》に立ち上がったのは、西川勝太郎《にしかわしょうたろう》だった。

「生成《なまな》りだげっちょ、聞いでくんつぇ。元々《もともど》三七人《さんずうすつにん》すかいねえ二番隊をさらに半分にしぢまっだら、力《つから》を出し切れねがも知《し》んに。中隊頭《つうたいがすら》も仰《おお》せられたべ。一致団結《いっつだんけつ》して本分《ほんぶん》を尽ぐせって……」

「んだ、んだ」

「全員一緒に出してくんつぇ！」

「もう一回、軍議《ぐんぎ》さかけてくなんしょッ！」

一番小隊二番小隊の全員が立ち上がっていた。

「……分がった。すばらく待で！」

日向は御座へと取って返した。四三歳の中隊頭は、人の諫《いさ》めに耳を傾け、それが正しいと思えば素直に採用する度量《どりょう》を持っていた。

十五　容保公

秋霖《しゅうりん》の中、二番隊士《にばんたいし》は滝沢本陣《たきざわほんじん》の前に整列した。程《ほど》なく玄関から出て来た容保公《かたもり》が、供の者が掲《かか》げる傘を制しながら、静かに口を開く。

「……其方衆《そなたしゅ》にはまことに苦労を掛ける……若年《じゃくねん》なれど期待《ちたい》は遥《はる》かなり……いまこそ会津《あいづ》のため、幕府のため、帝《みかど》のため、烈火《れっか》の如《ごと》ち士魂《しこん》を発揮《はっち》すべし……戦陣《せんずん》に勇無ちは孝に非《あら》ずなり。奮闘《ふんど》を祈る！」

黙って容保公の言葉を聴いていた隊士達の目尻に光るものがあった。雨に濡《ぬ》れた御老公から、苦労を掛《か》ける、期待している、奮闘《ふんとう》を祈ると言われたことが、たまらなく嬉しかった。

「身に余るお言葉《ごとば》、感謝申す上げます！　白虎士中二番隊《びゃっこしちゅうにばんたい》、一致団結《いっちだんげつ》し、会津藩士《はんす》の本分《ほんぶん》を尽ぐすべく、全身全霊《ぜんすんぜんれい》をもって戦陣に臨《のぞ》みます！」

儀三郎《ぎさぶろう》が返礼した。

「デパールトッ（出発《しゅっぱつ》）！」

水野小隊頭の号令が発せられた。ヤーゲル銃の筒先《つつさき》を油紙で巻いて、隊士達は二列縦隊《にれつじゅうたい》で雨の中を進み出した。滝沢本陣から滝沢峠《とうげ》までは、標高差で一〇〇丈（三〇〇メートル）余り。登り坂が続く。泥でぬかるむ坂道を、隊士達は足を取られながらも黙々と登った。秋雨が体温を奪い、身体に張り付いた軍装が自由を奪った。申《さる》の刻《こく》（午後三時）なのに、暗雲が立ち込めた空は夜のようで、不安を掻《か》き立てた。空腹を感じていた。朝餉《あさげ》を取ってから四刻（八時間）近く過ぎていた。登りの遅々とした足取りは、乱れて引き摺《ず》られるようにも見えた。

ようやく一六〇丈（四八五メートル）の峠の頂に着いた。欅《けやき》の大木の下で、しばしの休憩《きゅうけい》が与えられた。ただ疲労困憊《ひろうこんぱい》した隊士達は誰もが無口だった。

「デパールトッ！」

一時《いっとき》すると、小隊頭の号令で再び行軍が始まった。金が採れるという金堀《かねほり》の村を過ぎて、六町（六〇〇メートル）程歩くと、沓掛峠《くつかけとうげ》に出た。強清水《こわしみず》まで半里（二キロ）の距離《きょり》である。登りだった道が平坦になってきた。目標が定まって隊士の足が軽くなった。強清水では団子茶屋の舟石《ふないし》で休むことになっている。夏に若殿《わかとの》・喜徳《のぶのり》公の護衛《ごえい》で立ち寄った茶屋だった。

――駒四郎《こましろう》さんが真新しい手拭《てぬぐ》いを井戸に落とし、うまく取れなくて、和助《わすけ》が代わりに手拭いを引き上げた。原田半隊頭がおどけて和助に桶術《おけじゅつ》の切紙下免許《きりがみしためんきょ》を授《さず》けられた——あの時は楽しかった。たった三ヶ月前の滑稽《こっけい》な出来事が、遠い昔のことのように思われた。貞吉《さだきち》の喉《のど》には、井戸から汲《く》み上げた冷たい水の味が残っていた。和助が落とした桶のパコーンッという響き、強い夏の日差し、入道雲、蝉の声……いまはそれらが全て幻のようだ。貞吉は時の移り変わりを感じた。雨に翳《かす》んで前方にうっすらと見える舟石茶屋は、夏とは違っていた。陰惨《いんさん》な雨の中で、茶屋は震《ふる》えていた。

「アレーテッ（止まれ）！」

水野小隊頭の号令で行進が止まった。茶屋の入口だった。入口の土間に見覚えのある井戸があった。

「ここで水を貰《もら》う。水を飲み終えたら、全員銃《ずう》に火薬《がやく》と弾を込めろ。銃口《ずうこう》は又《また》油紙を被《かぶ》せで、濡らさねようにすろ。竹筒《たけづつ》や予備の草鞋《わらず》など余分なものはここさ置いていげ」

日向中隊頭《ちゅうたいがしら》の指示は、いよいよ戦場《いくさば》が近くなったことを告げていた。喉は渇いていなかったが、貞吉も一口井戸の水を飲んでみた。三ヶ月前と変わらない冷たくてうまい水だった。湧《わ》き水は古今《ここん》湧き続けている。そして後《のち》の世でも……

柄杓《ひしゃく》を八十治《やそじ》に渡すと、背中から銃を下ろして垂直《すいちょく》に立てた。早合《はやごう》を取り出して、銃口に火

で結んだ。

薬と円弾《えんだん》を入れる。槊杖《かるか》で慎重に、しかし強く突き固めた。再び銃口に油紙を被せて、真田紐《さなだひも》

「アリグネールッ（整列）！」

水野小隊頭の号令で、表に出た隊員は二列縦隊になった。

顔から雨を滴《したた》らせた日向中隊頭が、注意を与えた。

「これがら戸ノ口原南《とのぐつはらみなみ》サある大野ヶ原《おおのがはら》の敢死隊《かんすだいにしゃぐめい》二〇〇名と合流する。大野ヶ原までは数町だげっちょ、その先半里《さじ》（二キロ）の所さは敵《てじ》もいる。大声は出すな。前の者さ付いて間《あいだ》を空げんでねえぞ。雨で仲間《なが ま》を見失わねようにすろ」

貞吉は、儀三郎の背中を見失わないように、注意しながら急ぎ足で歩いた。儀三郎がずっと掲げていた「士中二番」の幟《のぼり》は、舟石茶屋に置いてきた。いずれにしろ、一刻《いっこく》もすれば日が暮れる。日が暮れた雨の原野では、幟も視認できない。晩秋寒露《ばんしゅうかんろ》の九月節（新暦十月八日頃）の荒野《あれの》は、陰雨《いんう》に濡れそぼって冷え込んでいた。寒さと空腹がこたえた。藩の役に立つという意気込みも、血潮を泡立たせた正義感も、薄れていた。儀三郎の背中の交差する白帯《しろおび》を見ながら、歩を運ぶのに必死だった。それは、母親からはぐれまいとする仔鹿にも似ていた。

どれくらい歩いただろうか。薄暗くなって儀三郎の背中の白帯が見えなくなってきた。平坦

だった草叢《くさむら》が、登りの傾斜になっている。前のめりになる身体を、かろうじて垂直に保った。疲労した両膝《りょうひざ》が、痙攣《けいれん》を起こしてがくがくと震えた。儀三郎との間が開いていて、差を詰めようと駆け出した時――草鞋《わらじ》の裏からぬるっとした感触が伝わってきた。左足が滑《すべ》る。右足も流れて、頭から草叢に倒れ込んだ。右肩に担《かつ》いでいたヤーゲル銃が眼前にあった。銃身が顔面に当たった。口と顎《あご》に破裂《はれつ》するような痛みが走った。口の中に血の鉄分の味と匂いが広がる。舌と上顎に激しい痛みがあった。口の中が血で一杯《いっぱい》になる。倒れたまま唾《つば》と血を吐き出した。

「貞吉《さだきつ》ッ？」

「大丈夫《だいじょぶ》がッ？」

二人の隊士が駆け寄ってきた。声は武治《たけじ》と織之助《おりのすけ》だった。二人は左右から貞吉の脇の下に腕を差し込み、貞吉を立たせた。鼻もひりひりと痛んだ。鼻血がツーと、流れ出る。

「大丈夫だ。どこも何《なん》ともねェ」

鼻と口の中の痛みに耐えながら、怪我《けが》を覚《さと》られないように応《こた》えた。薄暗がりで鼻と口から血を流しているのを見られなかったのが幸いだった。貞吉は、小走りに儀三郎を追いながら、自分に言い聞かせた――オラはあん時《どき》のオラどは違う。いまのオラは、オラは、会津藩白虎士中《すつう》二番隊士・飯沼《いいぬま》貞吉だ――

十六　敢死隊

薄暗い大野ヶ原《おおのがはら》の小高い丘に着くと、あちこちに塹壕《ざんごう》が掘られ、土塁《どるい》が築かれて陣地となっていた。土塁は全て日橋川《にっぱしがわ》がある東側に造られており、内側には柳の枝が刺してあった。柳の枝の間《あいだ》に夥《おびただ》しい隈笹《くまざさ》が差し込まれて庇《ひさし》となり、雨を遮《さえぎ》っている。一番小隊が手前の陣地に着くと、敢死隊《かんしたい》の兵は雨が当たらない場所を隊士達に譲った。

敢死隊は、山伏姿《やまぶしすがた》の神官や山法師《やまぼうし》姿の僧兵で構成されていた。篠懸《すずかけ》を着て頭巾《ずきん》を被《かぶ》った神官や、黒の素絹《そけん》に裹頭《かとう》の白頭巾といった僧の出で立ちは、芝居じみて見えた。手にしている得物《えもの》も直槍《すやり》や小薙刀《こなぎなた》ばかりで、鉄砲は旧式の和銃《わじゅう》（火縄銃）でさえも見当たらなかった。敢死隊の鉄砲を用いない戦法は、敵の襲来《しゅうらい》を待って突貫《とっかん》する白兵戦《はくへいせん》以外に考えられなかった。

一番小隊が冷えた地面に腰を下ろすと、敢死隊から竹皮で包まれた兵糧《ひょうろう》が配られた。

「兵糧は二人《ふたり》で一包みだ。慌《あわ》てねで、ゆっくりよく噛《か》んで喰え」

直垂《ひたたれ》に腹当てを着けた敢死隊の小隊長らしい男が言った。貞吉《さだきち》は、薄暗い中で受け取った竹皮の包みを隣《となり》の武治《たけじ》に見せた。

「武ぢゃん、一緒に喰うべ」

「アア……」

貞吉が包みを縛《しば》っている藺草《いぐさ》の紐を解いた時だった。あっという間に武治の右手が伸びてきて、握《にぎ》り飯を摑《つか》んだ。

「武――」

貞吉は武治を見た。武治は暗がりの中で、小振りなほうの握り飯を狙《ねら》って取っていた。

「武ぢゃ――」

「ああ、うんめェ。うんめェぞ。粟《あわ》も稗《ひえ》も入ってねえ米だけの握《にぎ》り飯《めす》だ」

武治はむしゃむしゃと玄米の握り飯を喰《く》った。大仰《おおぎょう》な喰い方だった。貞吉も握り飯に齧《かじ》り付いた。傷付いた口の中が痛んだ。痛みを堪《こら》えて飲み込む。鼻の奥で涙の味がした。痛みのせいではなかった。

握り飯を喰い終えて、ヤーゲル銃を拭いていると、原田半隊頭がやって来た。

「これがら斥候《せっこう》さ出る。名前を呼ばっちゃ者は、武器《ぶじ》を持って付いて来い。有賀《あるが》――」

「ハイッ」

「鈴木《すずち》──」

「ハイッ」

「井深《いぶか》──」

「ハイッ」

「以上だ。他《た》の者は引き続《し》ちこのままレーポスッ（休憩《きゅうけい》）！」

「ハイッ」

「ハイッ」

　次々に元気な返事が聞こえた。握り飯を腹に入れた少年達は活気を取り戻した。貞吉も身体が温まり、活力が漲《みなぎ》るのを感じた。口の中の痛みも薄らいだ。闘争心《とうそうしん》が溢《あふ》れてきた。斥候を見送ると、残った一番小隊の者は、自然と儀三郎《ぎさぶろう》の周《まわ》りに集まった。

「敢死隊《かんすだい》の人さ聞《すと》いだら、味方《みがだ》は敢死隊二〇〇名と幕府軍歩兵二個中隊《つうたい》だっつうこどだ」

「二個中隊つうと何人《なんにん》ですか？」

　八十治《やそじ》が儀三郎に聞いた。

「やっぱす二〇〇人だ」

「他《ほか》に百姓《ひゃくしょう》も一〇〇人以上加勢《かせい》しでぐれでる。総勢五〇〇余りだ」

間瀬源七郎《ませげんしちろう》が付け加えた。源七郎は慎《つつし》み深い性格で、とりわけ学問に優れていた。一〇歳で日新館《にっしんかん》に入学すると、一六歳で講釈所《こうしゃくじょ》・止善堂《しぜんどう》へ進んだ。学問では茂太郎《もたろう》に続く次席の位置にいた。

「敵《てぎ》は？」

西川勝太郎《にしかわしょうたろう》が聞いた。

「――三〇〇〇。半里（二キロ）先の一六橋《じゅうろっちょう》さ陣取《ずんど》ってでる。薩摩《さづま》、長州《ちょうすう》、土佐《とさ》が中心《つうしん》だ」

いつも温和な源七郎の口調は落ち着いていた。その分真実味もあった。農兵を含む五〇〇対正規兵三〇〇〇――

貞吉は苦戦を覚悟した。数だけではない。味方の農兵や敢死隊は銃を装備していない。勝ち目は薄いように思われた。

「敢死隊の方々は、ここを拠点《ちょてん》にすて接近戦《せっちんせん》さ挑《いど》むお積《つも》りだ。んだげっちょ、オレはもっと敵さ近付《つかづ》いて、鉄砲《てっぽ》で戦《ただか》いで。中隊頭《つうたいがしら》さもそう申す上げだ。オメ達《だつ》の考えを聞かせてもらいでェ」

儀三郎が改まった口調で言った。

「そんじいいべ。オレ達は身体が小《ち》んちェえから鉄砲のほうが闘えっど思う」

「その通《とお》りだなし。オラァ、鉄砲以外、何の取り柄もねえがら」

源七郎に続いて、射撃の得意な雄次《ゆうじ》が言った。源七郎の客観的な見方に反対する者はいなかった。一番小隊の総意は決した。

塹壕の上がざわついて、斥候が戻って来た。鉢振りから雨を滴《したた》らせながら、原田半隊頭が告げた。

「一番小隊《いっぱんしょうだい》は、これから九町《ちゅうちょう》（九〇〇メートル）先の菰槌山《こもづつやま》で陣取《ずんど》る。全員、支度《すたく》すろ」

儀三郎の、鉄砲で戦《たたか》うべきという建白《けんぱく》が通ったらしかった。一番小隊の隊士は草鞋《わらじ》の緒を締め直し、銃口の油紙を取ると、火薬と円弾《えんだん》がしっかり装填《そうてん》されているかどうか確かめた。

支度《したく》が整《ととの》ったのを見ると、半隊頭が口を開いた。

「今日《ちょう》の符牒《ふちょう》は『雲カ龍』どする。忘れんでねえぞ」

沈着な半隊頭は、夜の帳《とばり》の中で隊が離散することを憂《うれ》えた。暗い雨の中での同士討ちを避けるため、会津藩《あいづはん》の符牒を隊士に徹底させた。使用する符牒は日にちごとに変えることになっていた。「松カ緑」「水カ月」「雲カ龍」「竹カ虎」「金カ鉄」の五種類である。貞吉は、「雲カ龍、雲カ龍、雲カ龍――」と口の中で念仏のように唱《とな》えた。

十七　菰槌山

「……デパールト（出発《しゅっぱつ》）……」

　原田半隊頭の押し殺した声がした。一番小隊は、将校と隊士一七名で鋒矢《ほうし》の陣形を組み、夜の荒野《あれの》を進んだ。危険《きけん》を伴い、冷静な判断が求められる鏃《やじり》の先端部分に半隊頭が位置し、そのすぐ後ろに嚮導《きょうどう》の儀三郎《ぎさぶろう》が付いた。隊士が残りの三角の鏃を形作る。少ない兵力で敵陣《てきじん》を突破するのに有効とされていた陣形だった。

　一里（四キロ）四方の広い戸ノ口原《とのくちはら》の東端《とうたん》に菰槌山《こもつちやま》はあった。山とはいうものの、高さ一八六丈（五六三メートル）のなだらかな丘である。丘全体が潅木《かんぼく》の林になっており、空木《うつぎ》や山萩《やまはぎ》の藪《やぶ》は、身を隠すのに好都合だった。隊士は、獣《けもの》のように雨に濡《ぬ》れる藪の中に分け入って、気配を消した。

自然は、隊士に対しても厳しかった。真っ黒な雨雲は、戸ノ口原一帯に容赦《ようしゃ》なく、平等に雨を降らせた。細雨《さいう》が隊士の身体を濡らす。日が暮れて暗闇《くらやみ》となった原野に、蠢《うごめ》く少年兵がいた。闇の中で囁《ささや》くように命令が伝えられた。雲……龍……進撃《しんげき》ハ明《みょう》二三日払暁《ふつぎょう》ト決ス。明《あ》ケナバ討死《うちじに》ト覚悟《かくご》イタシ、無言ノ中ニ慈父慈母ニ別レヲ告グルベシ。

私語《ささめごと》ニテ倶《とも》ニ文武《ぶんぶ》ヲ学ビタルノ既往《きおう》ヲ談ジ、厚情《こうじょう》ヲ謝シ、共ニ散ルラン……

軍令は戦死を前提《ぜんてい》にしていたが、元《もと》より隊士に異存はなかった。隊士の誰《だれ》もが他に遅《おく》れることのないようにと、それだけを考えていた。

「……武ぢゃん……」

「……何《なん》だ？」

貞吉《さだきち》の呼び掛《か》けに一間先《けんさき》の闇から武治《たけじ》の声が返ってきた。

「武ぢゃんと出会えて……楽すがったよ……」

「……」

「……本当《ほんど》に楽すがった……オラァ、満足だ……」

「……」

貞吉の囁きが届いていることは確かだった。武治の洟《はな》をすする音が聞《き》こえた。それが合図だったかのように、闇の中から次々にすすり泣く声が湧《わ》き起こった。押し殺したすすり泣きの中に、涙声《なみだごえ》が混じっていた。

「……捨蔵《すてぞう》、昔《むかす》オメの出自《すつじ》のごど、馬鹿《ばが》にすて悪《わり》がった。許してけろ……」

「……オラの方ごそ、一三石《こく》の家なのに、高禄《こうろぐ》の人《すと》サ生意気《なまいぎ》な口《ぐつ》をきいぢまっだ……」

「……雄次《ゆうづ》、オメの鉄砲《てっぽ》の腕前さ、馬鹿の一つ覚えだなんて言って、済まねがったナ……」

「……何も。その通《どお》りだ……」

「源吉《げんきっ》つぁん、オラ、陰《かげ》で源吉つぁんのごと、牛《べこ》って呼んでたんだ。年下《とすすた》なのに……勘弁してくなんしょ……」

「知《す》ってだ。そったらごど、気《ち》にすんな……俺は牛って字《あざな》、嫌いでねェ……」

「駒四郎《こますろう》さん、いづか宝蔵院流《ほうぞういんりゅう》の十字槍《ずうじやり》を教えてくんつェ……」

「いづでも教えっがら……」

「……茂太郎《もたろう》、こういう時《どき》に聞かせでえ詩《す》っつうのはねえが？」

「――登幽州台歌《ゆうしゅうのだいにのぼるうた》――前不見古人《まえにこじんをみず》　後不見来者《のちにらいしゃをみず》　念天地之悠悠《てんちのゆうゆうたるをおもい》　独愴然而涕下《ひとりそうぜんとしてなみだくだる》――」

「……どういう意味だ？」

「――唐《とう》の李白《りはく》の歌だ。黄河《こうが》の北、幽州の高原の見晴らしのいい所さ登ってみた。私《わだす》の前に昔《むがす》の人は見えね。私の後《あど》にこれがら生まれる人は見えね。天地《てんっ》のいづまでも絶《た》えねごどを思うど、人の一生《いっそう》の短《みずか》さを思い知らされて、悲すぐて涙が零《こぼ》れる――」

「……」

「……」

　静寂《せいじゃく》に包まれた。高原に独り立つ青年の情景が浮かんで、誰もが押し黙った。すすり泣きが止んでいた。プゥ――静寂を破ったのは八十治《やそじ》だった。忍び笑いが起きた。それはさざ波のように他の隊士に押し寄せ、薄《すすき》の穂を揺《ゆ》らした。貞吉も袖で口を押さえて、必死に笑いを堪《こら》えた。あの時と同じだった。ただ、人数は今夜の方が遙《はる》かに多い。隊士が潜んだ闇の中の藪は、蕭蕭《しょうしょう》とした雨に濡れながら、秘めやかな笑いに包まれた。遠慮がちの笑いの後で、ひとしきり私語が交わされた。たわいのない話……誰々の妹は色白《いろじろ》で可愛げだ。いや、誰々の姉御《あねご》が女らしい雅《みやび》やかな物腰《ものごし》だ。麗《うるわ》しい女子《おんなご》は誰々をおいていない……貞吉の脳裏《のうり》にも女子の顔が浮かんだ。たった一人《ひとり》だけ……細布子《たいこ》、細布子、細布子……

「……雲……」

　突然、闇の中から大人の声がした。

「り、龍！」

慌《あわ》てて儀三郎が応《こた》えた。

「日向《ひなた》だ。これがら将校全員で敢死隊《かんすだい》と合議すて来る。篠田《すのだ》、留守《るす》を頼むがらな」

「分がりますた。お気《ぎ》を付《づ》けて」

濡れた藪を掻《か》き分けて、人が遠ざかる気配がした。沈黙が訪れた。


秋雨の中で穏《おだ》やかな時間が過ぎた。少年達の頭の中に、幼かった頃の家族との思い出や、成長してからの仲間との鍛錬《たんれん》の日々が甦《よみがえ》った。楽しかったことも、悲しかったことも、つらく苦しかったことさえも美しい記憶となって、瞼《まぶた》の裏に浮かんできた。

貞吉の脳裏にも、いろいろな人達が去来《きょらい》した……皆で出掛けた諏方神社《すわじんじゃ》の夏祭り。迷い子になり、不安で泣きじゃくっていた頴悟《えいご》を、駆け付けるや否や抱き締めてくれた母・文子《ふみこ》——湯川《がわ》で溺《おぼ》れて帰った頴悟を、叱り付けることもなく広い背中に負《お》ぶって医者に走ってくれた父・時衛《ときえ》一正《かずまさ》——相模《さがみ》産の無患子《むくろじ》の果皮《かひ》を摺《す》り下ろし、一緒に玉吹きをしてくれた祖母・なほ子——喧嘩《けんか》に負けて泣き帰った頴悟の、仇《かたき》を討《う》つと言って飛び出していった兄・源八《げんぱち》——捕《つか》まえてやった幾匹もの蛍を、自分の寝所に放して顔を輝かせていた妹・比呂子《ひろこ》——武治と彼岸獅子《ひがんじし》を見に行こうとした時、イッショイッショと後を追って泣き続けた弟・関弥《せきや》。背中に負ぶった関弥の温かい涙、その重さ——手拭《てぬぐ》い絞《しぼ》る心地にて持て——初めて竹刀を握った頴悟に、分かり易《やす》く剣術《けんじゅつ》を教えてくれた織之助《おりのすけ》——独坐幽篁裏《ひとりざすゆうこうのうち》　弾琴復長嘯《ことをだんじてまたちょうしょうす》　深林人不知《しんりんひとしらず》名月来相照《めいげつきたりてあいてらす》——独り竹林の中に座る。琴を弾《はじ》き長く謡《うた》う。深い林の中では誰も知ることはない。明るい月が訪れて私を照らす——考試《こうし》を控えた頴悟に、自分の学問はそっちのけで、つきっきりで王維《おうい》の詩を詠《よ》んでくれた直次《なおじ》——捨て犬を連れ帰って叱られ、途方に暮れて歩く頴悟と仔犬を、縁側の床下《ゆかした》に匿《かくま》ってくれた武治。仔犬を真ん中にして筵《むしろ》の上に腹這《はらば》いになった時の武治の笑顔。仔犬の温もり、匂い、毛の柔らかさ——東山《ひがしやま》の露天風呂「月取り猿の湯」。一緒に素っ裸で飛び込んだ細布子と瀑布子《たきこ》。その眩しく白い身体——全てが昨日のことのようだった。

十八 退却

暗かった空が藍《あい》色になっている。夜明けが近かった。濡《ぬ》れそぼった少年の群れに、毅然《きぜん》とした声が届いた。

「間もねぐ夜が明げる。中隊頭達《つうたいがすらだづ》が戻られるまで、篠田《すのだ》が指揮《すき》する。点呼《てんこ》を取《ど》る。藤三郎《とうざぶろう》っ」

「はいっ！」

「勝太郎《しょうだろう》っ」

「はいっ！」

「駒四郎《こますろう》っ」

「はいっ！」

「勝三郎《しょうさぶろう》っ」

「はいっ！」

名前が呼ばれ、返事が続いた。儀三郎《ぎさぶろう》は隊士全員の名前を諳《そら》んじていた。篠田隊一七名は全員揃《そろ》っていた。

雨が小降りになり、東の空が露草《つゆくさ》色になっていた。名倉山《なぐらやま》の頂は、丹《に》色に染まっている。隊士の顔が薄明かりに照らし出された。

「ドウブー（立て）――」

低い声だったが、儀三郎の号令がはっきりと聞き取れた。

「これがら一六橋《ずうろっちょう》さ向がう。敵《てじ》と出会っても命令があるまでは絶対に発砲すんな。一人《すとり》一人では勝負になんね。撃《う》づ時《どき》は全員一緒だ。んだば、デパールト（出発《しゅっぱつ》）！」

貞吉《さだきち》は、先頭を歩く儀三郎の一間《けん》（一・八メートル）後ろを、同じ歩調で歩いた。直ぐ後ろには武治《たけじ》がいる。その後ろは雄次《ゆうじ》で、その後ろが喜代美《きよみ》。最後から三番目が織之助《おりのすけ》さんで、二番目が源吉《げんきち》さん、殿《しんがり》は駒四郎《こましろう》さんだ。弓や鉄砲、槍や刀を得意とする士中二番の精鋭《せいえい》が揃っている。この顔触れなら敵《てき》に一泡《ひとあわ》吹かせられるかもしれない……

時雨《しぐれ》が上がって、水色の空が広がってきた。山陰《やまかげ》から淡《あわ》い茜《あかね》色の光が伸びている。儀三郎の背中で交《まじ》わった白帯《しろおび》が泥で汚れていた。腰に差した朱鞘《しゅざや》の刀から雫《しずく》が滴《したた》るのも見えた。

貞吉は、自分が存外《ぞんがい》落ち着いていることに安堵《あんど》した。敵と出遭《であ》ったら、耳を澄まして儀三郎の命令を聞かねばならない。発射の準備をして、ただ一点に狙《ねら》いを定め、号令を待つのだ。銃口《じゅうこう》をあちこちに向けて的を探ってはならない。意識を集中させて、一人の敵だけを照門《しょうもん》の向こうに定める。あとは引き金を引くだけだ。山本師範《しはん》の言葉を思い出せ――深ク呼吸シ、息ヲ整《ととの》エヨ。照門ヲ敵ノ胸ニ定メ、耳ヲ澄マセ。号令ヲ聞キテ静カニ引キ金ヲ引クベシ。轟音《ごうおん》ヲ覚悟《かくご》シ、慌テル事ナカレ――

「アレーテッ（止まれ）！」

儀三郎の号令に、貞吉の身体が無意識に反応して動きを止めた。後続の隊士も次々に動きを止める。目の前に草原が広がっていた。

「前方、一町（一〇〇メートル）先の右手《ゆんで》、丘《おか》の上さ散開《さんかい》すっつぉ。五間（九メートル）ずつ間を置いで、走《はす》って来《こ》う」

言い終えると同時に儀三郎が走り出した。五《いつ》まで数えて、貞吉も走り出す。雨は上がったが、濡れた草の上は走りずらかった。今日こそ転ばぬように、右手でしっかりとヤーゲル銃を肩に固定《こてぃ》し、左手を懸命《けんめい》に振って走った。雨を吸い込んだ袖が重い。義経袴《よしつねばかま》の裾が犬羊歯《いぬしだ》に引っ掛《か》かってつんのめりそうになった。背中の刀がぐらぐら揺れる。濡れた草鞋《わらじ》が滑《すべ》った。倒れそうになるのをなんとか堪《こら》える。息を切らしながらやっとの思いで丘に上がると、塹壕《ざんごう》があった。

長さ二〇間（三六メートル）、幅一間（一・八メートル）、深さ三尺（九〇センチ）。貞吉は倒れ込むように塹壕に入った。既《すで》に塹壕の中で射撃態勢をとっている儀三郎が、ヤーゲル銃を持った両手で伏せろという仕草をした。貞吉は、儀三郎の隣ににじり寄って頭を低くした。ゆっくり顔を上げると、丘の先二町（二〇〇メートル）の一六橋《じゅうろっきょう》の袂《たもと》に、盆の季節に飾られる絵蝋燭《えろうそく》のような篝火《かがりび》が見えた。篝火の周《まわ》りに蟻のように動き回る夥《おびただ》しい数の敵兵がいた。

「……何《なん》だ？　あのずねえ敵陣《てじずん》は……」

続いて塹壕に飛び込んで来た武治も、敵兵のあまりの多さにあっけにとられた。後続の隊士が次々に塹壕に飛び込んで来た。すぐに伏射《ふくしゃ》の姿勢になって、一六橋の敵陣に目をやる。すぐに誰もが言葉を失った。想像を絶する敵兵の数だった。少年達は、なす術《すべ》を知らず、盛大な祭りのような敵陣を見下ろしていた。

明るくなった空の下で、篝火が次々に消された。一六橋に近い部隊が橋を渡り始めた。先鋒《せんぽう》の部隊は五〇名程《ほど》で、ほとんどの兵が黒光りする長い銃を担《かつ》いでいた。号令を掛ける声が飛び交っていたが、距離《きょり》の遠さと初めて耳にする訛《なまり》のせいで、何を言っているのかは解らなかった。ただ、黒の軍服と鉢振りで統一され、四列縦隊で整然と行進する部隊は、精強《せいきょう》に思われた。担いでいる長身の銃は、射程が長く命中率も高い、新式のエンフィールド銃らしかった。そして、その姿勢と足取《あしど》りは自信に満ちている。

「……プレセーッ（固めろ）！」

押し殺した声がした。大人の敵兵を目の当たりにしても、儀三郎は落ち着いていた。号令を聞いた少年達は銃口に被《かぶ》せていた油紙を取ると、装填《そうてん》してある火薬と円弾《えんだん》を再び槊杖《かるか》で突き固めた。

「フォルメーッ（構え）！」

少年達は一間ずつ隣との間を確保して、伏射の構えをとった。肩の力を抜き、呼吸を整えて、橋を渡っている先鋒の部隊に照門を合わせる。左肘は真っ直ぐ伸ばして銃身を支え、鼓膜《こまく》が破れないように、少し口を開ける。砲術《ほうじゅつ》で何百回と稽古《けいこ》させられた基本動作だった。山本師範の砲術の稽古は、弾より先に手が出る、眼から星が出ると言われた。だが、その厳しい稽古に、いまは感謝していた。

敵方先鋒の部隊が橋を渡り終えた。本隊の大集団が橋にかかっていた。本隊の先頭では、黒地に赤い日輪を描いた旗が何旒《なんりゅう》も掲《かか》げられていた。旗の後ろでは、鼓笛隊《こてきたい》が勇ましく律動的な軍楽《ぐんがく》を奏《そう》していた。金糸《きんし》で飾られた陣羽織《じんばおり》を着た指揮官《しきかん》と高級将校が、その後に続いた。長毛《ちょうもう》の白い被り物を被った指揮官は、能役者のようだった。

「……全員、先鋒を狙え。本隊《ほんだい》は構うでねェ」

儀三郎の命令を受けて、隊士の銃口が一斉に先鋒に向けられた。雨が上がった空は、水色一色になっている。敵の先鋒が、丘へと続く道を四列縦隊で進んで来る。

「距離《ちょり》一町二〇《にずう》──まだだぞ……」

少年達の間に緊張が走った。貞吉は、先鋒五〇名の一番後ろ、右側の兵に狙いを定めた。他の者はきっと先頭の兵を狙う。

敵兵が大きな黒蟻《くろあり》に見えた。蟻達は威勢のいい鼓笛の音色に鼓舞《こぶ》されて、真っ直ぐに行進してくる。物見《ものみ》を放った様子はなかった。

「距離一町一〇──」

貞吉は先鋒の最後列右側の兵だけを見ていた。最後尾に照門を定めてはいるが、この距離では御館《みたて》の稽古場でも三尺の的に当たった試しがない。

「距離一町──」

敵兵は黒い紙雛《かみびな》のようだった。口の中が乾いていた。貞吉は息苦しくなって、大きく息を吸った。

「距離九〇──距離八〇」

儀三郎の数え方が早くなってきた。小芥子《こけし》の大きさの敵が整然と並んでやって来る。

「距離七〇――」

敵は全く警戒することなく進軍して来た。

「六〇――五〇」

武者震《むしゃぶる》いが起きた。真っ黒な案山子《かかし》の不気味な集団。

「ティールッ（撃て）！」

ダ・ダーンッ！ダ・ダ・ダ・ダーンッ・ダーンッ・ダーンッ！轟音と共に白煙で前が見えなくなった。貞吉は右肩に発射の衝撃《しょうげき》を感じた。耳をつんざく炸裂音も聞いた。貞吉の銃は確かに弾を発射していた。銃口から硝煙《しょうえん》が立ち昇り、火薬の臭《にお》いが漂《ただよ》ってきた。

発射できたのは、半数だった。発射された弾丸は一〇発に満たない。銃口を油紙で塞《ふさ》いでいたものの、火薬が湿っていたのかもしれなかった。

「プレセーッ（固めろ）！」

儀三郎の声が響いた。薄らいだ白煙の中で、発射できなかった者は、立ち上がって銃身を叩き、円弾を取り出そうとした。発射できた者は、二発目の発射に備えて片膝立《かたひざだ》ちになると、胴乱《どうらん》から早合《はやごう》を取り出した。ダ・ダ・ダ・ダ・ダンッ・ダンッ・ダンッ・ダ・ダ・ダンッ・ダ

ンッ・ダダダダッ！　凄《すさ》まじい発射音だった。ヒュンヒュンヒュンヒュン・ヒュンヒュンヒューン・ヒュヒュヒュヒューンッ！　貞吉の耳元で無数の空気を切り裂く音がした。思わず眼を瞑《つぶ》って首をすくめた。悲鳴を聞いたような気がして、恐る恐る目を開けると、塹壕の外で隊士が二人うつ伏せになっていた。もぞもぞと動く隊士の中で、その二人だけが動かなかった。二人とも背中に真っ赤な漆《うるし》のような染みがあった。

「悌次郎《ていじろう》ッ！」

「新太郎《しんたろう》ッ！　新太郎ッ！」

源吉《げんきち》と駒四郎が、蜥蜴《とかげ》のように這《は》って二人に近付いた。朱の漆は二人の大量の出血だった。砲術《ほうじゅつ》や柔術《じゅうじゅつ》、馬術《ばじゅつ》が得意で勇敢《ゆうかん》だった悌次郎《ていじろう》の背中には、大きく開いた射出口があった。背中を抉《えぐ》られた孔《あな》からは、こぽこぽと湧《わ》き水のように血が噴《ふ》き出していた。左足が痙攣《けいれん》していた。背中の備前兼光《びぜんかねみつ》の黒漆《くろうるし》の鞘《さや》が、真紅《しんく》に染まって朱鞘に見えた。

「新太郎ッ！　すっかりすろッ！」

駒四郎が新太郎《しんたろう》の肩に手を掛けて、仰向《あおむ》けにした。見開かれたままの新太郎の眼は、あらぬ方向に向けられていた。学問が得意で優しい性格の新太郎の腹には、三つの醜《みにく》い弾痕《だんこん》があった。傷口から大蚯蚓《おおみみず》のようなどろどろとした血が流れ出ていた。大量に血を流した新太郎の全身が小刻《こぎざ》みに震え、顔は花嫁のように白かった。背中の下に溜まった血液は、真紅の風呂敷《ふろしき》に見えた。悌次郎も新太郎も身体を打ち震わせながら、息をしていなかった。

「こんづくしょうッ！」

ただ一人鎧《よろい》を着けた捨蔵《すてぞう》が吐き出すように叫ぶと、立ち上がって銃を構えた。ダン・ダン・ダン・ダ・ダーンッ！　数発の銃声と共に、捨蔵の顔面が真っ赤な煙で覆《おお》われた。捨蔵がもんどり打って倒れた。彼岸獅子《ひがんじし》の弓くぐりのような一瞬の出来事だった。大谷刑部吉隆《おおたにぎょうぶよしたか》が身に着けていたという鎧に、数発の弾痕があった。弾痕からは線香のような煙が立ち昇っている。捨蔵は顔の半分を吹き飛ばされていた。残《のこ》った顔面が熟した石榴《ざくろ》のようだった。鎧を着けたまま仰向けに倒れた捨蔵は、顔の小さな菊人形に似ていた。

「捨蔵ッ！　捨蔵ッ！　すっかりすろッ！」

源吉がにじり寄った。源吉は捨蔵を抱き起こすと、半分になった顔をごつい掌《たなごころ》で支えた。どうすればいいのか分からないようだった。

「にしゃは一発《いっぱつ》すか発射すねで死《す》んじまうのが！　大殿様《おおどのさま》は俺《おれ》達に期待《ちたい》さっちんだぞッ！」

源吉の悲痛な叫びだった。

「捨蔵、頼むがら立ってけろ……捨蔵ォ……」

牛《べこ》が悲しげに啼《な》いていた。

「牛ッ！　牛ッ！　止めろッ！　捨蔵はもう助かんねェ……」

織之助が必死になって源吉に声を掛けた。貞吉は取り乱した源吉を初めて見た。

「牛ッ！」

「牛ッ！」

織之助と駒四郎が、身を低くしながら源吉の元《もと》へ走った。ダ・ダ・ダ・ダ・ダーンッ・ダ・ダンッ！　何発もの銃撃音と同時に、二人の周りに着弾の煙が上がった。織之助と駒四郎は、大柄な源吉の襟首《えりくび》を摑《つか》んで塹壕の内側に引き摺《ず》り込んだ。直後にこれまでとは比較にならない程、多くの破裂音《はれつおん》がした。甲高《かんだか》い最新鋭の鉄砲の射撃音が、少年達の頭上で落雷のような音を立てた。誰もが塹壕の中で、首をすくめ、耳を塞いで身を固くした。

貞吉は想像していた戦闘とは全く違う、凄惨《せいさん》な出来事に何も考えられないでいた。恐怖心だけがあった。膝ががくがくした。寒さとは別に歯が当たってカチカチと鳴った。敵は桁外《けたはず》れの破壊力だった。稽古ではない惨《むご》たらしい殺し合い。少年達は力の差を覚《さと》っていた。

「悌次郎ゥ……新太郎ゥ……捨蔵ォ……」

あの逞《たくま》しい源吉がおろおろと泣いている。

「儀三郎《じさぶろう》、退却《たいぢゃく》させろッ！」

駒四郎が儀三郎に怒鳴った。

「このままでは全滅《ぜんめつ》すっつおッ！」

「……ア、ア、アァ……」

儀三郎はあまりの悲惨さに我を失っていた。呆然《ぼうぜん》とした面持《おもも》ちで目は虚《うつ》ろだった。

「儀三郎オッ！」

織之助も儀三郎に活《かつ》を入れるように大声で叫んだ。

「残《のご》っだ者を集《あづ》めろッ！　勝目《かづめ》はねえッ！　退却を命令すろッ！」

「……ア、ア……アサンブレ（集合）……」

儀三郎の声は弱々しかった。顔面蒼白となった儀三郎は、生気《せいき》を失っていた。

「集まれッ！　集まれッ！　皆《みんな》こっちさ来うッ！」

織之助の号令で、散らばっていた少年達が織之助の周りに集まってきた。織之助は矢継《やつ》ぎ早《ばや》に指示した。

「儀三郎、早ぐ退却させろッ！」

儀三郎がか細い声を出した。

「……エ、エバ、エバクアション（退却）……」

少年達は耳を疑った。命令の意味は知っている。しかし、その命令が発せられたことは稽古においてさえ一度もなかった。エバクアション……初めて耳にする命令だった。退却《たいきゃく》？　敵から逃げ出す？　貞吉にとってもその命令は信じがたいものだった。

「……エ、エバク——オェッ……」

儀三郎は命令を詰まらせると、這いつくばって吐いた。食べ物は混じらず、黄色い胃液だけが出てきた。顔から血の気が失せていた。織之助が儀三郎の背中を擦《さす》った。駒四郎が号令を掛けた。

「士中二番第一小隊《すつうにばんだいいっしょうたい》は戸ノ口原《とのぐちはら》から退却し、お城《すろ》さ入って再び戦《ただが》う！　出発《すっぱつ》ッ！」

「……オーッ……」

少年達は声を潜めて唱和《しょうわ》した。入城して再起を図《はか》る……希望が出てきた。駒四郎が低い姿勢で塹壕から飛び出し、菰槌山《こもつちやま》の斜面を駆け下りた。貞吉も夢中で駒四郎の背中を追った。右隣には武治がいる。後ろに続くのは、雄次と喜代美のようだった。三〇間（五四メートル）も走ると息が切れた。苦しい。駒四郎は五、六〇間先の薄《すすき》の群落を目指している。貞吉もそこまでは何としてでも駆け続けなければならない。肩で息をしながら喘《あえ》ぐ貞吉に、武治が声を掛けてきた。

「頑張れ、貞吉《さだきつ》ッ！　頑張れ！」

武治は貞吉に合わせて駆けている。後ろからも声が聞こえた。

「貞吉ッ！　あと少《すこ》しだ」

「貞ッ、オメは士中二番の矜持《きんず》だ。頑張れッ！」

三人に励《はげ》まされて駆け続けることができた。貞吉は息も絶え絶《だ》えになって薄の繁《しげ》みに倒れ込んだ。続々と仲間が繁みに飛び込んできた。皆、荒い息をしている。殿《しんがり》を務《つと》めた織之助が飛び込んで、繁みは動きを止めた。薄の中から、押し殺した獣《けもの》の咆哮《ほうこう》のような息遣《いきづか》いだけが聞こえた。

十九　帰　城

辰《たつ》の刻《こく》（午前七時）の秋の太陽が、名倉山《なぐらやま》（六四五メートル）の真上に上っていた。薄《すすき》の中の少年達の顔に、陽光が斑《まだら》に当たった。一刻《いっこく》の休息を取った少年達は落ち着きを取り戻していた。敵の追撃はなく、砲声も遠くにしか聞こえない。お城に戻る――その思いが少年達の心を一つにした。

貞吉《さだきち》も、城に入ることができれば、まだまだ戦《たたか》えそうな気がした。物心がついた時から、城は貞吉の御守《おまも》りであり、心の拠《よ》り所《どころ》であった。城下のどこからでも見える五層《ごそう》の天守閣《てんしゅかく》は、会《あい》津藩士《づはんし》にとって、精神的支えだった。日新館《にっしんかん》から毎日見上げていたお城に戻る……そう決めると、腹の底から力が湧《わ》いてきた。

「お城に戻るぞ！」

「お城さ《すろ》帰っぺ！」

繁《しげ》みのあちこちから声が聞こえた。そして――

「……篠田《すのだ》だ……さっぢは取り乱すて済まねがった。我らはお城まで退却《たいぢゃく》し、入城後再び戦《ただが》う。それまでは決すて死《す》んではなんにッ！」

落ち着きを取り戻した儀《ぎ》三郎《さぶろう》の声だった。繁みから出た儀三郎は、真っ直ぐに背筋《せすじ》を伸ばし、光る目でお城の方角を見た。頼りになる嚮導《きょうどう》に戻っていた。

「アリグネールッ（整列）！」

力強い号令が復活した。繁みから出た隊士が、儀三郎を先頭に二列縦隊《にれつじゅうたい》を作った。

「デパールトッ（出発《しゅっぱつ》）！」

隊列が西に向かって移動し始めた。儀三郎は広い道を避けて進んだ。杣道《そまみち》や枝道を選んで歩き、若松の城下を目指した。野原を横切り、丘を越え、林の中を歩いた。

突如《とつじょ》、樹影が途切れて広い草原に出た。大野《おおの》ヶ原《がはら》だった。前方に土塁《どるい》が築かれた小高《こだか》い丘が見えた。周囲を警戒し、散開《さんかい》しながら近付く。火薬の臭《にお》いがした。昨夜兵糧《ひょうろう》の握《にぎ》り飯を貰《もら》った敢死隊《かんしたい》の陣地だった。塹壕《ざんごう》の外に会津藩の幟《のぼり》が何本も折れて転がっていた。「葵」の紋《もん》や「會」の文字が泥と血で汚れていた。直槍《すやり》や小薙刀《こなぎなた》、熊手《くまで》などの得物《えもの》や烏帽子《えぼし》、高足駄《たかげた》なども散乱している。塹壕に近付くと、火薬に混じって血の匂いや内臓の悪臭がした。

塹壕の内側には――山伏姿《やまぶしすがた》の神官や山法師《やまぼうし》姿の僧兵の屍《しかばね》が累々《るいるい》としていた。重なり合った死《し》骸《がい》は、打ち棄《す》てられた浄瑠璃人形《じょうるりにんぎょう》に似ていた。被《かぶ》っている白頭巾《しろずきん》は、血で赤褐色《せきかっしょく》に染まり、泥だらけの身体には何発もの弾痕《だんこん》があった。虚空《こくう》を掴《つか》むような指先や、カッと目を見開き、口元を歪《ゆが》ませた表情が苦痛を物語っていた。

銃による大量虐殺《ぎゃくさつ》だった。至近距離《しきんきょり》から発射されたらしい弾丸は、射出孔《しゃしゅつこう》を大きくしていた。威力のある新式の銃は、恐ろしい凶器となった。大量の新式銃が、飛び道具を持たない民兵を圧倒し、皆殺しにした。

少年達はここでも力の差を見せ付けられた。だが、城へ戻るという執念《しゅうねん》が彼らを奮《ふる》い立たせた。貞吉は、城へ入って、きっとこの仇《かたき》を取ると自分に言い聞かせた。それが、塹壕の中で雨の当たらない場所を譲ってくれ、乏しい兵糧の中から握り飯を分けてくれた敢死隊への恩返しだと思った。

「何《なん》とすてでもお城さ入って、敢死隊《かんすだい》の仇討《かだづ》ぢをすっつおッ！」

「オーッ！」

儀三郎の声に少年達が応《こた》えた。敵に蹂躙《じゅうりん》された死体だらけの塹壕は遺跡のように時間が止まり、人間の気配が絶《た》えていた。昨日とは違う塹壕を背に、少年達は西を目指して歩き始めた。

貞吉は黙々と儀三郎の後ろを歩いた。貞吉の左には武治《たけじ》がいる。もうすぐ強清水《こわしみず》のはずだ。獣道《けものみち》のような細い道では、隊列が自然と一列になった。貞吉の後ろに武治、その後ろに雄次、その次は喜代美《きよみ》、その後ろは八十治《やそじ》と茂太郎《もたろう》だ。悌次郎《ていじろう》、新太郎《しんたろう》、捨蔵《すてぞう》の三人は戦死してしまったが、まだ一三名の仲間がいる。戦闘の後でも全員がヤーゲル銃を保持している。弾を発射できなかった者もいるが、入城すれば銃の手入れもできるだろう。いや、籠城戦《ろうじょうせん》となれば、南《みなみ》走長屋《はしりながや》（武器庫《ぶきこ》）に確保してある新式銃が使えるかもしれない。南走長屋にはエンフィールド銃はもちろん、数十丁のスペンサー銃さえあると聞いている。スペンサー銃は元込め式の最新式銃で、紡錘形弾丸《ぼうすいけいだんがん》を何発も連続して発射できるらしい。一丁が三〇両もするというスペンサー銃なら、ヤーゲル銃のような弾詰まりや銃身の破裂《はれつ》は滅多に起こらないだろう。思う存分撃ちまくることができる。いずれにしろ、一刻も早く入城することだ……

眼下に強清水が見えた。大野ヶ原の西端を過ぎ、沓掛峠《くつかけとうげ》に差し掛《か》かっていた。貞吉達は越後《えちご》街道《かいどう》を避け、沓掛峠北側の急な斜面を下った。用心するに越したことはなかった。戸ノ口原《とのくちはら》、大野ヶ原一帯で、戦闘が繰り広げられた。どこでも戦場《いくさば》になる。出会い頭に敵と撃ち合えば、とても勝ち目はない。敢死隊の二の舞になる。貞吉は儀三郎の背中を見つめながらも、周囲の気配を窺《うかが》いながら歩いた。

金堀《かねほり》の集落を藪《やぶ》の中から窺い、さらに滝沢峠《たきざわとうげ》へと進んだ。松林の中へ入り、蔓草《つるくさ》を掻《か》き分け、藪漕《こ》ぎをしながら歩いた。

「アレーテッ（止まれ）！」

儀三郎の号令で、少年達は動きを止めた。

「レーポスッ（休憩《きゅうけい》）！」

松林の中の大岩の陰《かげ》で思い思いに腰を下ろした。誰もが、疲労と空腹を感じていた。何かが聞こえた。獣か？　黙り込んで休息を取る少年達が顔を上げて耳を澄ました。再び音がした。人が囁《ささや》くような音だった。

「……タケ……」

少年の声？　タケ？　どういう意味だ？　貞吉には理解できなかったが、茂太郎がすぐさま反応した。

「虎ッ！」

「……キン……」

「鉄ッ！」

小さく届いた声に、茂太郎がすかさず返答する。貞吉もようやくその意味を悟《さと》った。会津藩の符牒《ふちょう》だった。「竹カ虎」「金カ鉄」など五種類の符牒は、日にちごとに変えることになっていた。昨日は「雲カ龍」だった。二つの符牒を使ったのは、念を押したのだろう。すぐ近くに味方がいる！

「松ッ！　松ッ！」

今度は儀三郎が松林の奥に向かって声を発した。

「……緑……」

そう応えると、数十間《けん》先の松の陰から三人の少年が姿を見せた。三人とも泥だらけだったが、破顔一笑《はがんいっしょう》すると、右肩《みぎかた》の銃を揺《ゆ》らしながら、全力で貞吉達に駆け寄ってきた。二番小隊・山内隊の石山虎之助《いしやまとらのすけ》と石田和助《いしだわすけ》、伊藤俊彦《いとうとしひこ》だった。三人は足元に銃を置くと、一番小隊の者と誰彼《だれかれ》構わず抱き合って、再会を喜んだ。貞吉も虎之助と手を握り合って、大きく揺さぶられた時には、思わず涙が滲《にじ》んだ。ぽっちゃりしていた和助は頬がこけ、眼も落ち窪《くぼ》んでいた。和助は貞吉の次に、武治に抱き付くとおいおいと泣き出した。武治は何も言わずにただ和助の背中を叩いた。武治の瞳も濡《ぬ》れて光っていた。

俊彦は貞吉よりも二歳上で、面長で色白、温厚な性格だった。その誠実な人柄で誰からも慕《した》われていた。その俊彦も袖が取れ、髻《もとどり》を切らして落武者《おちむしゃ》のようになっている。お互《たが》いにひとしきり再会の喜びに浸《ひた》ると、虎之助が儀三郎にこれまでの行動を説明した。

小隊頭・山内蔵人《やまうちくらうど》率いる二番小隊二〇名は、越後街道を挟んで戸ノ口原とは反対側の赤《あか》井谷地《いやち》に展開した。一六橋《じゅうろっきょう》近くに進出した時、激しい銃撃音を聞いた。丘の上にいるのが味方だと判って、丘の麓《ふもと》の敵を挟み撃ちにしようとしたが、凄《すさ》まじい反撃を受けた。命からがら撤退したが、隊はばらばらになり、山内小隊頭ともはぐれてしまった。三人だけではいかんともしがたく、やはりお城を目指していたところだという。

儀三郎は三人を列の真ん中に入れると、出発を命じた。隊列が移動し始めた。いまや少年達の頭の中にあるのは、籠城戦だけだった。圧倒的な数の敵とその優れた武器に対して、野戦では到底勝ち目がなかった。お城だけが頼りだった。

貞吉は、どうすれば無事入城できるか考えていた。敵との力の差は歴然としている。実力差を見極められず、徒《いたずら》に戦闘に走るのは未熟な考え方だ。いまは敵との遭遇《そうぐう》を回避し、お城を目指すべきだ。実際、儀三郎は脇道や抜け道だけを選んで歩いている。賢明だと思った。

二十　自刃

滝沢峠《たきざわとうげ》を下りきると、前方に小さく戸《と》ノ《の》口堰《くちせき》の洞穴《どうけつ》が見えた。

「見ろ、弁天洞《べんてんどう》だ——」

儀三郎《ぎさぶろう》の声に、一同が活気付いた。弁天洞は天保《てんぽう》六年（一八三五）に掘削《くっさく》された洞穴で、猪《い》苗代湖《なわしろこ》の水を若松《わかまつ》城下に引き入れていた。弁天洞を抜けると飯盛山《いいもりやま》で、飯盛山からはお城が見える。暗い洞穴を潜《くぐ》り抜ければ、目の前に広がるのは若松城下なのだ。

長さ一町半（一五〇メートル）、幅一間《けん》（一・八メートル）、高さ七尺（二・一メートル）の洞穴の中は、水が流れていて三尺（九〇センチ）の深さがあった。日新館《にっしんかん》でも年に一人か二人は、度胸試《どきょうだめ》しといって弁天洞を潜り抜ける者がいた。しかし、胸まで深さのある水の流れと真っ暗闇《くらやみ》の洞穴は余りにも危険《きけん》で、弁天洞の潜り抜けは表向きは禁止されていた。弁天洞に辿り着いた隊士の中で、潜り抜けをしたことがあるのは、儀三郎と駒四郎《こましろう》、織之助《おりのすけ》、源吉《げんきち》の四人だけだった。

「弁天洞は深さ三尺！　ずっと雨だったがらいづもより流れが速えはずだ。前《めえ》ど後《うす》ろど二人一組《ふだりしとぐみ》になって潜る。腰《こす》の横《よご》でお互《だが》いの鉄砲《てっぽ》さ両手《りょうて》ですっかり握って、絶対に離すなッ！」

洞穴を前にして、儀三郎が指示した。

「ちょっと待ってくなんしょ！　鉄砲を水の中さ浸《つ》ける？　鉄砲を濡《ぬ》らすじまったら、その後《あど》うすんですがッ？」

雄次《ゆうじ》が儀三郎に食ってかかった。

「……棄《す》でる……」

「棄でる？　鉄砲を？　オラはそんな命令、聞《き》いでらんに！」

「オラも！」

「オラも！」

和助《わすけ》と八十治《やそじ》が雄次に同調した。

「やがますいッ！」

大声で一喝《いっかつ》したのは、源吉だった。

「いまは何《なん》とすてでもお城《すろ》さ入んねばなんね。鉄砲なんかどうでもいい。生ぎでいさえすれば、又敵《まだてじ》を殺すこともでぢんだッ！」

「……」

普段口数の少ない、しかも砲術《ほうじゅつ》の得意な源吉の強い口調に、三人は黙り込んだ。

「……牛《べこ》の言う通《どお》りだ。鉄砲さ摑《つが》まって流さんにようにすて潜り抜けねっかなんね。そすて皆《みんな》でお城を目指すべ……」

源七郎《げんしちろう》が優しく諭した。いつもの源七郎の口調だった。

「組み分げする。駒四郎《こますろう》と貞吉《さだきつ》……」

儀三郎が組を指示した。

「織之助と武治《たけづ》……牛と和助……源七郎《げんすちろ》と八十治《やそづ》……」

最後は儀三郎と藤三郎《とうざぶろう》だった。指名されたもの同士が、腰の位置で両手に鉄砲を握った。貞吉は、駒四郎の後ろで左右の手に力を込めて、しっかりと銃口《じゅうこう》部分を握った。

「貞吉、絶対に手を離すでねえぞ！」

「分がりますたッ！」

駒四郎の言葉に、貞吉は死んでも鉄砲を離すまいと思った。

「デパールトッ（出発《しゅっぱつ》）！」

儀三郎の号令で、駒四郎と貞吉が先頭を切った。洞穴の入口の横に、五段の石段があった。駒四郎が慎重に石段を下りていく。ザーッという流れの音が大きくなった。二丁の銃で駒四郎と繋がった貞吉は、膝《ひざ》が震《ふる》えるのを感じた。五段の石段の下、水面下にさらに三段の石段があった。恐る恐る水の中に足を踏み入れた。水は冷たかった。水中の石段は滑《すべ》りやすく、足がふらついた。身体が流れにもっていかれそうだった。重くて速い水の圧力が、湯川《ゆがわ》で溺《おぼ》れた時の記憶を呼び起こした。よろよろしながら眦《まなじり》を決して暗い洞穴の中に入った。ザーザーと吠える洞穴の不気味さ、水中に引き摺《ず》り込もうとする流れの強さ、邪悪な意志。窒息《ちっそく》の恐怖。身体に張り付いたマントルと袴《はかま》はまともに水流の抵抗を受け、足元がぐらぐら揺れた。黒い流れの中をごろごろ転がる自分の姿が見えた。ダメだ。無理だ。オラには弁天洞は潜り抜けられねェ。助けてくんつェ！　誰か――

イーヂッ！　ニーイイッ！　突然、弁天洞の頭上の岩から声が降ってきた。

イーヂッ！　ニーイイッ！　貞吉の頭の中で大勢の号令が渦巻いていた。

イーヂッ！　ニーイイッ！　無意識に手足が反応した。水練《すいれん》の掛《か》け声がいつの間にか行進の号令に変化した……アン、ドウ、トロア、ヤアトル……気が付くと水中で力一杯《いっぱい》握り締めた銃が規則正しく動いていた……アン、ドウ、トロア、ヤアトル……ザーッという流れの音に負けじと、すぐ前で駒四郎の大声が洞穴の中に響いていた。両手の銃から駒四郎の強い意志が伝わってくる。この瞬間、瞬間で手と足を動かせ。しっかり腕を振って、一歩ずつ踏ん張って歩け……さらに背後からも大きな声が響いてきた……アン、ドウ、トロア、ヤアトル……アン、ドウ、トロア、ヤアトル……鋭い掛け声。織之助の声だった。貞吉も思いっきり叫んでみた。アン、ドウ、トロア、ヤアトル！声は洞穴の天井に反響《はんきょう》して一層《いっそう》大きくなった――アン、ドウ、トロア、ヤアトル！アン、ドウ、トロア、ヤアトル！武治《たけじ》の声も源吉の声も和助の声も聞こえた。流れの音を掻《か》き消すように、行進の掛け声が暗闇に響いた。貞吉は一人ではなかった。後方から次々に聞こえてくる仲間の大号令は、千人力だった。貞吉の足を出す拍子と速さが駒四郎と完全に一致《いっち》した。貞吉は口の中で小さく呟《つぶや》いた。んだ、んだ。オラが駒に合わせんだ……愉快になって、貞吉は声に出さずに笑った。

前方に明かりが見えた。明かりの下で、うねりながら移動する水面がキラキラと輝いていた。黒かった水が、洞穴の外で煌《きら》めいた後は青い流れになった。醜悪《しゅうあく》だった流れが美しく見える。威圧的《いあってき》だったザーッという音が、いまは涼しげに感じられた。

洞穴の出口は別世界への入口だった。洞穴の外は日新館の水練場に似て、明るく広かった。

広がって緩《ゆる》やかになった堰《せき》の周囲には、川柳《かわやなぎ》や御簾草《みすぐさ》が生え、穏《おだ》やかな水面は御薬園《おやくえん》の池を想わせた。水際《みずぎわ》の所々《ところどころ》に山葵《わさび》も自生している。

左手の岸が少し低くなっていて、四尺（一二〇センチ）程《ほど》の高さだった。駒四郎が水を掻き分けて岸に近付いた。貞吉も同じ歩幅で付いていく。

「鉄砲を離せ。ここから上がんべ」

駒四郎に言われて、貞吉は鉄砲から両手を離した。駒四郎は二丁の鉄砲を無造作に岸に放り投げると、土留《どど》めの平石に手を付いてひょいと濡れた身体を持ち上げた。馬に跨《また》がるように右足から岸に上がる。貞吉も顔の高さの平石に手を付いて身体を持ち上げ、右足から岸に上がろうとした。しかし、濡れて身体に張り付いた服と袴が右足を上げる邪魔《じゃま》をし、背中の太刀もその重さで貞吉の身体を引っ張った。水の中で拍子を取り、その反動で再び身体を持ち上げた時だった。右足の袴が強い力で握られて、上方に押し上げられた。岸に右足が掛かった貞吉の身体を、襟《えり》を摑んだ駒四郎が一気に引き摺り上げた。

源吉が水に浸かりながら、年少の者の身体を次々に押し上げていた。駒四郎と織之助が押し上げられた者達を、岸に引き上げる。岸に上がった少年達は草の上で大の字になると、肩で息をした。

身体は冷えきっていたが、空は澄んで高かった。蒼空《そうくう》のあちこちに綿をちぎったような白雲が浮いている。雲はゆっくりと移動していた。上空は風があるのだろう。貞吉は久しぶりに空の青さを見たような気がした。先刻《せんこく》までは雨と泥と洞穴の中を空腹を抱えて、寒さと恐怖に震えながら虫のように這《は》いずり回り、遠くを見る余裕はなかった。

疲れ果てて見上げる空だったが、清浄《せいじょう》な大気とどこまでも続く露草《つゆくさ》色の青さが、貞吉の心を浄化した。抜けるような青空は忌《い》まわしい戦闘を忘れさせた。白雲が浮かぶ空を見ていると、精神が澄み渡るような気がした……クション！　ハックション！　立て続けにくしゃみが出た。濡れて冷えた身体が震えていた。

「ドウブーッ（立て）！」

儀三郎の声がして、全員が震えながら立ち上がった。

「濡らすじまった鉄砲はここさ置いていぐ」

「待ってくんつェ！」

儀三郎の言葉に素早く反応したのは雄次だった。

「濡れだ鉄砲でも、お城さ入って手入れすっと又使えっがも知んに。持だしでくんつェ！」

「雄次《ゆうづ》！　雷管《らいかん》の中まで濡らすじまった鉄砲が使えねごとは、オメだってよぐ解《わが》ってんべ」

「んだらば、杖代わりに持だしてくなんしょ。杖とすてだったらば役に立つべ？」

「雄次――」

「儀三郎《じさぶろう》、持だせでやっぺ。役に立だねぐなったからって、棄てらんにのは皆同《おんな》ずだ。鉄砲は持ってぐべ」

簗瀬《やなせ》勝三郎《しょうさぶろう》だった。勝三郎は武芸を好み、仏式《ふっしき》調練も、稽古《けいこ》以外に幕臣の沼間慎次郎《ぬましんじろう》から直接熱心に学んでいた。合理的な考え方が身に付いているはずの勝三郎が、使えない銃でも棄てるのは忍びないという。白虎隊《びゃっこたい》では、命の次に武器《ぶき》を大事にするという習慣が身体の芯まで染み付いていた。

「……分がった。鉄砲は持ってぐべ……アリグネールッ（整列）！」

儀三郎の号令で、濡れた鉄砲を担《かつ》いだ濡れ鼠の少年達は二列縦隊《にれつじゅうたい》になった。儀三郎を先頭に、貞吉と武治、和助と八十治、雄次と喜代美《きよみ》、茂太郎《もたろう》と藤三郎……殿《しんがり》が駒四郎。いつもの行軍の順序。足踏みが始まった。

「デパールトッ！」

疲れて濡れた隊列が若松城目指して動き出した。宗像神社《むなかたじんじゃ》の前を通り三匝堂《さんそうどう》（栄螺堂《さざえどう》）を左に見て、飯盛山（三一四メートル）を巻くように登った。疲労困憊《ひろうこんぱい》しながらも気力を振り絞《しぼ》り、東斜面の急な坂を這うように登った。坂を登り詰めて松林に囲まれた草地に出た時だった。隊士の耳にドロドロと遠雷のような音が届いた。誰もが耳を澄ました。

「……雷だべか？」

「違《つが》うッ！　あれは大砲《おおづつ》の音だ！」

儀三郎の問いに源七郎が応《こた》えた。遠くで連続した破裂音《はれつおん》がしていた。

「お城の方だッ！」

八十治が悲鳴に近い声で叫んだ。儀三郎が西に向かって駆け出した。全員がすぐに後を追う。息も絶え絶《たえだ》えに細い山道を一町（一〇〇メートル）程駆け降りると、松林が途切れて隈笹《くまざさ》の窪《くぼ》地《ち》へ出た。少年達の足が止まった。眼下に若松城下が一望でき――少年達は息を呑《の》んだ。

彼方《かなた》まで続く城下のいたる所で、炎と黒煙が上がっていた。柱だけになって燃え続ける屋敷《やしき》があれば、燃え尽きて瓦礫《がれき》となった家並みの跡がある。チロチロと蛇の舌のような赤い火焔《かえん》が路地を這いずり回っていた。各所で揺らめく炎は、山を焼き尽くす野火《のび》のようだった。城下が醜《みにく》く変形していた。

大砲が発射される白煙があちこちで発生していた。白煙が湧《わ》いて少しすると、ドーン、ドーンという腹に響く音が伝わってくる。白煙は夥《おびただ》しい数で、重い発射音も絶え間なく鳴り響いた。

若松城下がのた打ち回っていた。杉林に囲まれた城の周辺も紅蓮《ぐれん》の炎に包まれている。それでも主である若松城は気高く建っていた。

「お城は大丈夫だッ！」

「持ちこだえでっつォ！」

口々に叫んだ。

「だげんじょ、オラ達《だつ》が行ぐまで落ちねべか？」

心配《しんぱい》そうな声を出したのは、藤三郎だった。茂太郎が応えた。

「心配《すんぺえ》ねェ。若松城は蒲生氏郷《がもううずさと》公が築かっちゃ名城だ。石垣《いすがき》は野面積《のづらづ》みだべし、塗籠《ぬりごめ》だって厚《あづ》ぐて燃えねようになってんだ。何ぼ攻めらっちも簡単《かんだん》には落ぢね！」

「……イヤ、お城が残《のご》ってでても、お城さ入んのは容易でねェ。そんだったらあの滝沢街道《たぢざわかいどう》さいる敵《てじ》に突っ込むべ。一人《すとり》でも多くの敵兵《てじへい》を斃《たお》すてから死《す》ぬべ――」

死を覚悟《かくご》した駒四郎が玉砕《ぎょくさい》を主張した。城へ至る広い街道一杯に展開している大部隊が見えた。日輪や一文字三星《いちもんじみつぼし》の紋《もん》を染め抜いた幟《のぼり》が林立《りんりつ》し、しきりに大砲の白煙が上がっている。ドーン、ドーンという大砲を発射する重低音もひっきりなしだった。何百という兵がまるで蟻のように動き回り、その度に砲煙が上がって発射音が轟《とどろ》いた。

「潜《ひそか》に南側さ回っで、何とかすてお城さ入らんにべか？」

藤三郎だった。貞吉より二歳上の藤三郎は、おとなしい性格で危急《ききゅう》の時でも落ち着いて行動した。まともな策のように思われた。

「──無理だ。湯川の南さ見える幟は島津藩《すまづはん》の十字紋《づうじもん》だ。お城さ入る前に全員捕《つが》まっで擒《とりご》にされっぢまう」

源七郎の冷静な観察だった。確かに城の南側、五、六町の所で白煙が上がっており、煙の中に「丸に十字」の幟が何本か見えた。同時に、擒《とりこ》──という言葉に少年達は恐怖を覚えた。擒になることだけは絶対に避けなければならなかった。それは家族や仲間や藩までも裏切ることになる卑劣な振る舞《ま》いだった。耐えることのできない恥辱《ちじょく》だった。

「進撃《すんげぢ》にすろ入城にすろ、どっぢにしだって擒になる危険《きげん》はある……」

いままであまり意見を口にすることのなかった俊彦《としひこ》が口を開いた。

「擒になっだら、君公さ対すて面目が立だね、祖先さ対すても申《もう》す訳《わげ》がねえ……」

「んだらば、なじょすんの？」

「……」

和助の問いに俊彦は答えることができなかった。「ここで死ね」とは言えなかった。皆が押し黙った。

　貞吉も必死になって答えを探した。大砲の音が遠くに聞こえた。吶喊《とっかん》の声が夢のようだった。足元の草叢《くさむら》で湧く虫の鳴き声が一際大きくなった。胸に手を当ててみた。出陣《しゅつじん》の際に祖母・なほ子から渡された厚手の和紙があった。濡れて襤褸《ぼろ》になった短冊は文字が滲《にじ》んでいたが、歌はすっかり貞吉の頭に入っていた。

「重き君軽き命と知れやしれ
　おその媼《おうな》のうへは思はで　　なほ子」

——何も考えずただ藩侯《はんこう》に殉《じゅん》ずることを諭《さと》した短冊には、足手まといになりたくないという祖母の悲しい決意が読み取れて、貞吉は泣きたくなった。命を惜しんではならなかった。襟に手をやると、母が縫い込んだ短冊の感触があった。

「梓弓《あずさゆみ》むかふ矢先はしげくとも
　引きな返しそ武士《もののふ》の道　　玉章《たまずさ》」

　短冊にはそう書いてあるはずだった——向かってくる鏃《やじり》は多くとも武士の道は引き返してくれるな——母も武士道こそが尊重すべきものと言っている。武士道とは何か？　武士道とは詰まるところ……

「日新館《にっしんかん》が！　日新館が！」

武治のただならぬ声で我に返った。城の西隣《にしどなり》にある日新館の辺りから激しく燃え上がる火焔が望見《ぼうけん》できた。目を凝《こ》らすと、米代一ノ丁の日新館から吹き上がった炎は、大きな竜巻のように渦を巻いて空に昇っていた。塾（教室）も習書寮《しゅうしょりょう》も大成殿《たいせいでん》も武徳殿《ぶとくでん》も天文堂《てんぶんどう》も全て燃えている。素読所《そどくじょ》にはまだ戦傷者がいたはずだ。自力で歩ける者は半里（二キロ）離れた御薬園に移《うつ》ったが、深手《ふかで》の者は素読所に残ったはずだ。あの柿色の炎は人間をも飲み込んでいるのだ。燃えていないのは、水練水馬池《すいばいけ》だけだろう。その水練水馬池だって、もうもうと水蒸気を上げているかもしれない……

貞吉の身体から力が抜けた。日新館から噴《ふ》き出す炎は、空を焦がし、何もかも焼き尽くすような勢いだった。貞吉自身が焼かれるような思いだった。

「弓道場が……失ぐなっぢまった……」

武治が悲しそうに呟いた。武治が毎日汗を流した弓道場だけでなく、剣術《けんじゅつ》、槍術《そうじゅつ》、砲術《ほうじゅつ》、柔術《じゅうじゅつ》、馬術《ばじゅつ》などの武道場も全て灰になるだろう。隊士の誰もが言葉を失っていた。入城が難しくなって、日新館までが炎に包まれたいま、少年達には拠《よ》るべき場所がなかった。心の支えだった日新館が失われて、どこにも居場所がなくなってしまった。自分達の存在を否定されたような気がした。

日新館の近くには喜代美や藤三郎、儀三郎の家もあったが、延焼は免《まぬが》れないように思われた。

儀三郎が決心したように口を開いた。

「……攻撃《こうげち》も入城も一七人《ずうすっにん》ではどうすようもねェ。擒になんねども限んね。日新館も燃えぢまっだ。もうこれ以上どうにもなんね……潔《いさぎよ》ぐ自刃《じじん》すて武士の本分《ほんぶん》さ明《あぎ》らがにすっぺ！」

「分がった……」

「そんじいい……」

「そうすっぺ……」

駒四郎と織之助と源吉が同意した。

「白虎隊は臆病者《おくびょうもの》の集《あづ》まりでねえっつうどごを見せでやんべ！」

「んだ。んだ。オラ達《だづ》の掟《おぎで》を破るわげにはいがね！」

雄次と和助が元気に叫んだ。

織之助が士気を鼓舞《こぶ》するように声を張り上げた。

「よーすッ、最後のお話をすっつォ！」

織之助は焼け爛《ただ》れる城下を見下ろしながら、正座した。貞吉も慌《あわ》てて織之助の隣に行くと、お城に向かって正座した。日新館を燃やす炎がお城を明るく見せていた。貞吉には日新館が自分達の気持ちを代わりに伝えているように思われた。武治と虎之助《とらのすけ》もすぐに横に並んだ。隊士達が行き交い、あちこちにお話をする什《じゅう》ができた。それぞれの什で中心になっているのは、織之助、儀三郎、駒四郎、源吉、それに源七郎だった。

貞吉は周《まわ》りの什を見回した。郭外《かくがい》の和助が源吉の什に加わったのを見て安心した。何年ぶりかのお話に胸を弾《はず》ませた。懐かしさが込み上げてきた。織之助が口火を切った。

「一《いっ》……」

続いて四人で唱和《しょうわ》した。

「年長者《としうえのしと》の言うごとに背《そむ》いてはなりませぬーッ！」

一礼して、再び織之助が号令を掛けた。

「二《ぬ》……」

「年長者にはお辞儀《ずぎ》をしなければなりませぬーッ！」

皆が礼をする。

「三……」

「虚言《うそ》をついではなりませぬーッ！」

礼。

「四《すい》……」

「卑怯《ひぎょう》な振る舞いをすではなりませぬーッ！」

一段と大きな声で全員が唱和した。往時と違《ちが》って皆声が太くなっている。

「五……」

「弱い者をいづめではなりませぬーッ！」

「六《ろぐ》……」

腹から声を出すと、気持ちがよかった。

「戸外でものを食べではなりませぬーッ！」

戸外であろうとなかろうと、何も食べるものがなかった。

「七《すち》……」

「戸外で婦人《おなご》と言葉《ことば》を交《まず》えではなりませぬーッ！」

戦場《いくさば》では婦人はどこにもいなかった。

「ならぬごとは……」

「ならぬものですーッ！」

全員が唱和して礼をする。

「掟を破った者は？」

織之助が遊びの什の時と同じ口調で問う。

「ハイッ！」

虎之助が手を挙げて応えた。皆一斉に虎之助の顔を見る。

「……私《わだす》は貞吉《さだきつ》が湯川で溺れた晩、織之助さんと武治とで出し合った鐚銭《びだせん》で手桶《ておげ》を買いますた。その買った桶を湯川で見《め》っけだと貞吉に虚言《うそ》をつきますた……」

「私も貞吉と仔犬を縁の下《すた》さ匿《かくま》った時、貞吉の母様《かあさま》さ……貞吉は来ていねえと虚言をつきますた……」

武治が告白した。続いて、織之助が口を開いた。

「私もです。私も買った笊《ざる》を湯川さあっだと貞吉に虚言をつきました……私と虎之助と武治は今日《ちょう》から三日の間、派切れどすます……」

織之助が締めくくった。

「待、待ってくなんしょ！　そったらごとはオラは全部知《す》ってました。母様もオラが武ぢゃん家《げ》に隠れでるごとは知ってて、見で見ぬ振りをしてくれますた。知ってだ訳だから虚言をついたごとにはなんね！」

　貞吉は慌てて三人の虚言を否定した。自分だけが取り残されるような気がした。だが、織之助は背筋《せすじ》を伸ばしながら告げた。

「ならぬごとはならぬものですッ！」

「んだらば……私も派切れです……私は入隊《にゅうだい》に当だって、歳《とす》をごまかすて白虎隊さ入れでもらいますた」

「白虎隊は始《はず》めは一五歳《ずうごさい》でもよがったんでねえが……」

「そんじも一五だがら入れでもらわんにがった人《すと》もいだべ……一回入っても健次郎《けんずろ》みでに除隊させらっちゃ者もいたべした……」

　武治と貞吉のやり取りを引き取ったのは織之助だった。織之助はニコニコしながら言い渡した。

「それでは貞吉も派切れどすます。全員が派切れだから誰も派切れでねえのど同《おんな》ずだ！」

　笑いが起きた。全員が白い歯を見せた。貞吉にとっては初めての派切れだったが、深刻には考えなかった。貞吉以外は皆派切れを経験していた。貞吉は、派切れになったことで、ようやく一人前になったような気さえしていた。

……織之助さんなど確か七回目の派切れのはずだ。これまではいつも戸外で婦人と言葉を交《まじ》えての派切れだった。しかも、織之助さんと歳が近い若い女子《おなご》とばっかりだ。無理もない。剣術の稽古では日新館一の剣の腕を誇り、勇気があって明朗な気質の織之助さんだから、女子の方で放っておかない。武ぢゃんだってそうだ。弓術《きゅうじゅつ》の師範《しはん》になりたいと言っているが、平和な世の中だったら間違いなく素晴らしい弓術師範になれる。思いやりがあって、あんなに心根の優しい人間はいない。師範になったら弟子達皆から慕《した》われるだろう。虎之助さんは学問が抜群だ。二番隊《にばんたい》には茂太郎さんと源七郎さんがいるから主席や次席にはなれないだろうが、一番隊《いちばんたい》だったら必ず主席になれる。英才が集まる江戸の昌平黌《しょうへいこう》にも遊学を許可されるだろう。思う存分学問に身を投じることができたならば、虎之助さんにとってどんなに幸せだったことか――

「……貞吉……」

織之助の優しい声が聞こえた。

「背中の太刀《かだな》を抜げ――」

「あ、は、はい……」

気が付くと、貞吉以外の三人は既《すで》に膝の前に抜き身の太刀を横たえていた。貞吉は左手で小尻を握り、右手を大きく回して背中の柄を握ると、太刀を抜き払った。そのまま膝の前に置く。

「──切先《きっさじ》がら八寸《すん》（二四センチ）の物打《ものうち》のどこさ襷《たすき》を巻げ」

織之助の所作を真似《まね》て、襷を外《はず》す。真っ白だった襷が泥で真っ黒に汚れていた。足巻きを巻く要領で一巻きごとに引き締め、緩まないように物打《ものうち》に巻いた。

「──柄頭《つかがしら》をすっかり地面《ぢめん》さ固定《こでい》すろ」

物打を握ると、棟《むね》を手前にして太刀を立てた。

「──顎《あご》の下《すた》、喉仏《のどぼとけ》の真上さ切先《きっさじ》を当でろ」

織之助の言う通りにする。切先《きっさき》が喉《のど》に当たった。冷たいッと思うのと同時にちくッと痛みが走った。恐ろしかった。意識していないのに、手がぶるぶると震えた。太刀が小刻《こきざ》みに揺れた。顎の下の皮膚が切れてツーッと血が首を伝うのが解った。顎と喉がひりひりと痛んだ。耐えろ、貞吉！　耐えろ、耐えろ、オメの両肩に飯沼《いいぬま》家の名誉がかかってんだぞ！　太刀を離すまいと必死だった。

「──さすけね。怖がんな。すぐ終る。太刀を持ぢ上げんでねえぞ、臍《へそ》を覗き込むように、切先に全部の目方《めがた》をかげんだ」

貞吉は臍を覗く姿勢を想像した。あとはしっかり太刀を握ったまま、臍を見さえすればいいのだ。織之助の号令で一気に臍を見さえすれば飯沼家の名誉は保てるのだ。

「……あの世さ行っでも又この四人で辺《へん》を作んべな……んだらば、いくぞ――」

思わず両手に力が入った。武者震《むしゃぶる》いが起きた。臍を見んだぞ、臍だ、臍！

「アン！」

織之助の号令が発せられた。

「ドウ！」

織之助の気合が入った声。

「トロアーッ！」

全員があらん限りの声を発した。同時に思いっきり全体重を刃の先に乗せた。前屈《かが》みになった四人は、全身に痙攣《けいれん》を起こしながら不揃《ふぞろ》いに倒れていった。

横たわった貞吉は喉に鋭い痛みを感じていた。息が止まって血の匂いがする。喉が異常に熱かった。身体中に激痛が走り、頭の芯が泡立っている。草に着いた右頬が自分の血液で浸《ひた》された。喉に刺さった太刀から手を離そうとしたが、感覚が麻痺《まひ》していてかなわなかった。両手の震えが太刀に伝わり、喉に伝わってきた。口の中一杯に血が溜まって、錆《さ》びた鉄の味がした。鼻血が詰まって息苦しい。大きく息を吸ったが、ひゅうひゅうと音がするだけで呼吸ができなかった。視界の片隅に映る松の枝が、歪《ゆが》んで逆さまに見えた。明るいはずの太陽が黒ずんでいる。白雲がゆっくり廻り始め、鉛色になった。顔を巡らせて武治を見ようとしたが、首が廻らなかった。視界が狭《せば》まって雲が消えた。空が夕方の暗さになり、すぐに夜の暗闇になった。暗闇が遠ざかるのが判ったが、その後はもっと暗くなった。意識が遠のくのが感じられた。身体が遙《はる》か遠くに移動し続けている……細く白い指が差し出されている。その指を握ろうとしたが、届かなかった。鈴が転がるような声がした。何と言っているのかは分からない。優しく微笑む薄い唇が動いた。サダサァ、アノヨデ、オアイ、シマショウ……細布子《たいこ》の声！　細布子。細布子。細布子。細布……

二十一　賊軍に非ず

昭和六年二月十二日、雪に覆《おお》われた仙台市内を、二台の人力車の車輪が、雪の上に溝を刻《きざ》みながら移動していた。回転する輻《や》が人力車の速さを示している。車夫の地下足袋《ぢかたび》は雪を踏みしめながら、力強く駆け続けた。御足《おあし》は弾《はず》む故、至急――座席の客の要望で、二人の車夫は白い息を吐きながらできるだけ急いで車を曳《ひ》いた。一台目には髭《ひげ》を蓄《たくわ》えた医師、二台目には三十路《みそじ》の看護婦が乗っている。往診する医師と看護婦が急いでというのは、患者が重篤《じゅうとく》なのだろう。雪が舞う天気にもかかわらず、車夫の額には汗が浮いていた。

仙台市光禅寺《こうぜんじ》通《どお》りの屋敷《やしき》で停まった先頭の人力車から、山高帽に二重廻しのマント、羽織・袴《はかま》の初老の医師が、ステッキを突いて降りた。後ろの人力車からは、洋装の丈長《たけなが》の白いスカートを穿《は》き、看護帽を被《かぶ》った看護婦が、医師の診察鞄《しんさつかばん》を大事そうに抱えて降りる。医師は車夫に半刻程《はんこくほど》待つように告げると、瓦葺《かわらぶき》の表玄関を抜けて、母屋《おもや》へと急いだ。看護婦も足早に医師の後に付いて行く。その足取りを見ていると、二人は何度もこの家に来ているようだった。

母屋の前で二人を待っていたのは、貞雄《さだお》（貞吉《さだきち》）の長女・浦路《うらじ》だった。浦路は会津藩士《あいづはんし》の後裔《こうえい》・松田一雄《まつだかずお》に嫁《とつ》いでいたが、貞雄が明治四十三年に仙台逓信《ていしん》管理局に転勤になると、仙台に移《うつ》り、それ以後はずっと貞雄の近くで暮らしていた。

医師と看護婦が、丸髷《まるまげ》・着物の浦路に付いて座敷《ざしき》に入ると、揉み上げと鼻の下に真っ白な髭を蓄えた老人が臥《ふ》せっていた。目を瞑《つぶ》っている。傍《かたわ》らで小柄で上品そうな老婆がこちら向きに座していて、二人に向かって頭を下げた。そして、ゆっくりと静かに首を振った。

医師はその意味を悟《さと》ったが、老人の脇に正座すると、左の瞼《まぶた》を開けて瞳を覗き込んだ。右の瞼も同様にした。老人の顎《あご》に手を当てた後、左手首の脈を探って動きを止めた。何か言葉を探しているようだった。

「聴診器……」

医師の側に座った看護婦が、診察鞄の中から聴診器を取り出して医師に渡した。医師は老人の胸をはだけると、儀礼的に金属の集音部を心臓の位置に当てた。そしてそのまま動かなくなった。心音も呼吸音も聞こえなかった。老人は喉元《のどもと》に大きな傷跡があった。

「まことにお世話になりました……」

貞雄の妻・れんはしっかりした口調で、医師と看護婦に礼を述べた。医師は我に返ったかのように聴診器を耳から外《はず》すと、懐中時計《かいちゅう》を取り出した。

「午前一一時五〇分でよろしいですかな?」

懐中時計を見た医師の言葉に、れんは小さく頷《うなず》いた。

「いいお顔をしていなさる。何かお言葉は残されましたかな?」

「……はい。一言だけ……会津は朝敵《ちょうてき》に非《あら》ず……白虎隊《びゃっこたい》は……賊軍《ぞくぐん》に非ざるなり……と」

れんの目から雫《しずく》が落ちた。

「そうですか……さぞかし心残りだったんでしょうなァ」

医師と看護婦の目も潤《うる》んでいた。

「……自分は慶応《けいおう》四年に一度死んだ人間だ。思い残すことは何もない。早く仲間の隊士の下《もと》へ行って、その死は無駄《むだ》ではなかったと伝えなければ……と常々申《もう》しておりました」

「いかにも会津武士らしい。一切申し開きをしない潔《いさぎよ》い方だった」

「最後の歌です」

れんは懐《ふところ》から短冊を取り出すと、医師に手渡した。医師は短冊を少し遠ざけて筆文字を眺めた。達筆だった。歌を詠《よ》む医師の脳裏《のうり》に、蒼空《そうくう》にぽっこりと浮かぶ白い雲が現れた。

「過ぎし世は夢か現《うつつ》か白雲《はくうん》の
　　空に浮かべる心地こそすれ　　　貞雄」

ちらほらと舞う雪が、障子《しょうじ》に淡《あわ》い影を落としていた。和紙で漉《こ》された冬の光は、仄《ほの》かな明るさで部屋を包み込んでいる。模様がない墨《すみ》色の畳縁《たたみべり》は、所々《ところどころ》麻糸《あさいと》が擦《す》り切れて解《ほつ》れていた。八畳の澄み切った部屋の真ん中に床がとられ、横たわった老人がいた。打ち直しの布団は会津木綿で、水底に沈む老人を静かに受け止めていた。清貧《せいひん》な老人を取り囲んで無口の人々がこちんと座《ざ》している。

どこから吹いてきたのか、冷風《れいふう》が枕元《まくらもと》の畳に置かれた短冊を裏返した。風は気紛《きまぐ》れではなく、意思を持っていた。旋風《つむじかぜ》によって再び短冊がひっくり返された。童《わらわ》の悪戯《いたずら》のようだった。虫の音《ね》のような少年の笑い声が湧《わ》いた。涼しく透《す》き通った笑い声が漏《も》れてきた。楽しそうな声。幸せそうな音。屈託《くったく》のない笑い声は一人、また一人と増えてたちまち大勢のざわめきとなった。

少年達の笑い声が部屋を満たしていた。若い声が無骨《ぶこつ》な部屋にさんざめいた。横たわった老人の左目から大粒の水滴《すいてき》が零《こぼ》れた。閉じられた瞼から止めどなく水滴が流れた。皺《しわ》が刻まれた頬《ほお》を伝わる水滴に、少年達の笑顔が浮かんでは消え、消えては浮かんだ……。

あとがき

戊辰戦争で、白虎士中二番隊に所属していた少年達は、戸ノ口原から敗走し、鶴ヶ城を目指して一六名が飯盛山へ辿り着きます。しかし、そこから見た城下は砲煙に覆われ敵方新政府軍の幟が林立していました。

総勢三〇五名（諸説あります）の白虎隊は、親の身分によって士中・寄合・足軽の三隊に分けられましたが、士中隊というのは会津藩上士の子弟で構成されていました。

上士の子弟は、会津藩校日新館入学前の六～九歳の幼児一〇名程で、「遊びの什」を造ります。「遊びの什」を終えると、日新館入学後の「学びの什」に参加するのですが、「遊びの什」でも午前中は「孝経」「大学」などを素読し、午後になってから遊んだのです。この「遊びの什」では、始めに最年長の什長が「お話」として七つの心得を述べます。これが有名な「什の掟」と呼ばれるもので、会津藩上士の子弟は、誰もが立派な会津藩士になるための心構えを、幼くして心に刻み込みました。

その「什の掟」の四番目に「卑怯な振舞をしてはなりませぬ」という一節があります。鶴ヶ城への入城は望みがなくなり、討死覚悟での敵陣突入も「虜」になる恐れを抱いた白虎隊士。幼児教育で受けた卑怯な振舞をしないという一節を頑に守って、潔く散る道を選んだ少年達。「虜」になることは末代までの恥とされ、「虜」になるくらいなら「死」をもって会津藩士の本分を果たすべきという総意に至ったのも、「義」を重んじる精神教育のごく自然な結果だったのでしょう。

一六名の白虎隊士の自刃は、旧暦慶応四年八月二十三日のことでした。西暦でいうと、一八六八年十月八日です。

二〇一八年は慶応四年一月三日に勃発した鳥羽伏見の戦い、戊辰戦争開始からちょうど一五〇年になります。

これを契機に、一切の打算を排して義に殉じた少年達に思いを馳せて、自分への戒めにしたいと思い、本作品を仕上げました。

本作品を書くにあたっては、飯沼一元著『白虎隊士　飯沼貞吉の回生』、小桧山六郎編『会津白虎隊のすべて』を特に参考にさせていただきました。

また飯沼一元氏からは、本作品の発行を快諾していただきました。改めて厚く御礼を申し上げます。

最後になってしまいましたが、本作品を発行するにあたっては、奥会津書房の遠藤由美子さん、渡部和さんから貴重なアドバイスをいただきました。
また、歴史春秋出版の阿部隆一氏、植村圭子さんにお世話になり、佐藤萌香さんには編集・校正全般に渡って多大な協力を得ました。心から感謝いたします。ありがとうございました。

二〇一八年四月

高見沢　功

参考文献

『白虎隊士　飯沼貞吉の回生　第二版』　飯沼一元著　ブイツーソリューション
『会津白虎隊のすべて』　小桧山六郎編　新人物往来社
『會津戊辰戦争　増補白虎隊娘子軍高齢者之健闘』　平石辨蔵著　丸八商店
『補修　會津白虎隊十九士伝』　財団法人　會津弔霊義會編
『会津人群像二〇一〇　No.一六　白虎隊の真相を語る』　歴史春秋社
『会津人群像二〇一四　No.二七　白虎隊の真実』　歴史春秋社
『少年白虎隊』　宮崎十三八著　歴史春秋社
別冊歴史読本『新選組・彰義隊・白虎隊のすべて』　新人物往来社
別冊歴史読本『決定版　幕末維新考証総覧』　新人物往来社
別冊歴史読本『日本の名城　城絵図を読む』　新人物往来社
『白虎隊』　中村彰彦著　文春新書
『白虎隊　燎原に死す』　星亮一著　教育書籍
『十二歳の戊辰戦争』　林洋海著　現代書館
『会津若松市史六』「会津藩政の改革　五代から八代まで」　会津若松市
『武者たちの舞台　下巻――ふくしま紀行　城と館』　福島民報社

著者略歴

高見沢　功（たかみざわ・いさお）

昭和29年（1954年）
静岡県沼津市生まれ。２歳のとき福島県猪苗代町に移る。

昭和47年
福島県立会津高等学校卒業。

昭和51年
日本大学芸術学部映画学科監督コース卒業。
東京のCM制作会社、三木鶏郎企画研究所・トリプロ入社。

平成元年
猪苗代町にUターン。郡山市のCM制作会社・バウハウス入社。

平成８年
『長女・涼子』で福島県文学賞小説部門・奨励賞。

平成９年
『地方御家人《ぢかたごけにん》』で福島県文学賞小説部門・準賞。

平成10年
『十字架《クルス》』で福島県文学賞小説部門・文学賞。

平成16年
CM制作会社・有限会社アクト設立、代表に就任。

平成22年度・23年度福島県文学賞小説部門・企画委員。
平成24年度～30年度福島県文学賞小説部門・審査委員。

著書に『十字架《クルス》』
『オンテンバール八重（小説版）』
『オンテンバール八重（コミックス版原作）』

白虎隊・青春群像
～白雲の空に浮かべる～

2018年 5 月 1 日　初版発行

著　者　高見沢　功

発行者　阿 部　隆 一

発行所　歴史春秋出版株式会社
〒965-0842　福島県会津若松市門田町中野大道東8-1
電話　0242-26-6567

印　刷　北日本印刷株式会社

製　本　有限会社羽賀製本所